小説 MAJOR 2nd 1
二人の二世(ジュニア)

丹沢まなぶ／著
満田拓也／原作・イラスト

★小学館ジュニア文庫★

もくじ

プロローグ 5
第1章 12
第2章 70
第3章 133
エピローグ 218

小説 MAJOR 2nd 二人の二世
おもな登場人物

茂野吾郎

香港で活躍する、
現役のプロ野球選手。
大吾の父。

佐藤寿也

メジャーリーグでも
活躍した元プロ野球選手。
吾郎とは古くからの親友。

茂野いずみ

中学野球部に所属。
大吾の姉。

茂野大吾

小学四年生のころ、野球チーム「三船ドルフィンズ」に入団するが、才能がないことに苦しみ、やめてしまう。しかし小学六年生で光と出会い、また野球の道へ。

佐藤 光

小学六年生の春に、大吾と同じ三船小に転校してくる。大吾とはちがい、野球の才能にあふれていて、大吾とバッテリーを組みたいと思っている。

佐倉睦子

大吾と光の同級生。
大吾に恋心を
抱いていたが……。

卜部隼人

「三船ドルフィンズ」の
ピッチャー。
二世である大吾と
光が気に入らない。

鈴木アンディ

「三船ドルフィンズ」の
キャッチャー。卜部と
バッテリーを組む。

プロローグ

部屋に閉じこもってずっとゲームをしていたら、姉のいずみがツカツカと近づいてきた。

無言で手を伸ばしてゲーム機を取り上げるものだから、条件反射みたいに大吾は叫んだ。

「何すんだよ！　ゲーム機返せよ！」

そしたら大吾よりもっとキレた声が返ってきた。

「あんたねえ、いい加減にしなさいよ！　一体なんだったら本気出すわけ⁉　野球もギブ！　サッカーもギブ！　スポーツがダメなら勉強かと思ったら、それもやる気ゼロ！　ひとつくらい親の期待に応えてあげようって気概はないの⁉」

大吾は一瞬だけ言葉に詰まった。そして姉を見上げる。いずみねーちゃんは唇を噛んで弟の言葉を待っている。まるで何かに堪えているみたいだ。

でも、口をついて出てきたのは、自分でも情けなくなるような言葉だった。

「……いいよな、ねーちゃんは」

「は？」

言いたくないのに口が動いてしまう。

「ねーちゃんにはわかんねーよ。野球もできて勉強もできて、親の期待に思うように応えられてきたねーちゃんには、おれのことなんてわかんねーよ」

ほ、と短い息をつかれた。

「あっそ。じゃ、そうやってずっといじけてれば？　アホくさ」

言い終えると同時にあっけなくゲーム機を放り投げられた。咄嗟に飛びつく。落としたら大変だ。壊れたら困る。壊れたら、もうおれにはやることが何もなくなってしまう。毎日ずっとこの部屋で、自分が何をすればいいのかわからなくなってしまう。

部屋を出ていく姉の背中を眺めながら、大吾はもう一度ゲーム機のスイッチに触れた。けど、大吾はその目を閉じてしまう。何も見たくなかった。頭の中で、さっき吐き出せなかった言葉がぐるぐる回っている。

「あーあ。また前のポイントからやり直しだよ。あのブス。バーカ」

ゴロンと床に転がる。ゲーム機を閉じた。なんだよねーちゃんのヤツ。せっかく思い出さないようにしてたのに――。

大吾は思う。心がいっぱいになっていく感じ。それが溢れ出す感じ。

おれだってさ――、本当は――。

言いたくない。けど溢れてしまう。

本当は、野球やってたかったんだよ。

誰にも言えない本心だった。

――本当はさあ。

二年前、大吾の夢と希望はものの見事に打ち砕かれた。ひと言で言って、大吾は何もできなかったのだ。野球が大好きだった。だから勢い込んで地元の少年野球チーム〝三船ドルフィンズ〟に入団したのが小学四年生の時だ。

監督の田代さんに名前を呼ばれた時はうれしかった。

「三船小四年、茂野大吾！」

だから大きな声で返事した。「はい！　よろしくお願いします！」

そしたら案の定まわりがザワザワしだした。いつもこうだ。大吾にはみんながザワつく理由がわかっている。

「え？　茂野？　茂野って、もしかして……」

「そうだ。この前までドルフィンズにいたいずみの弟。つまり、あ、あの茂野吾郎の息子だ」

茂野吾郎――。大吾のおとさんは、アメリカのメジャーリーグや日本代表のピッチャーで大活躍したヒーローだ。肩を壊してからはバッターとして再起を果たし、今は台湾で野球をしている。アラフォーにして現役のプロ野球選手だ。誰でも知ってる。だからみんな同じ反応を見せる。

「ええーっ！　マジかよ⁉」

「茂野吾郎ジュニアかよ⁉　超大物ルーキーじゃん！」

ちょっと誇らしい気分。おれはあの茂野吾郎の息子なんだ。だからできる。そう思い込んで大吾は三船ドルフィンズに入団した。希望に満ちて。

だけど、初日の練習が終わる頃には、予想と正反対の声ばかりが聞こえるようになっていた。

「なんだよ。これで茂野二世かよ。たいしたことねーじゃん」

「いずみさんの方がぜんぜんうまかったよな」

みんなの声は小さかったのに、大吾の耳には深く突き刺さった。

「ばっか。二世だからって、野球がうまいとは限らねーよ」

その言葉を聞いてふと気づいたのだ。

――ああ、そうか。そうなんだ。

そう。おれは、あの茂野吾郎の息子だから野球ができるものだと漠然と思い込んでいた。

けどそうじゃないのだ。おれはおとさんじゃない。茂野吾郎じゃない。だから当たり前だ。

なにしろほとんど初めての野球なんだ。いくらあの茂野吾郎の息子だって、始めから大活躍ができないことだってあるさ。できなければできるようになればいいんだ。

そう切り替えて練習に励んだ。おれは茂野ジュニアなんだから、練習さえすれば、努力さえすれば、自然と茂野一族の野球ＤＮＡが目を覚ますはずだ。そしたらめきめき実力が伸びて、すぐに圧倒的な大活躍ができるようになるに決まってる。

そう思ってめちゃくちゃ努力した。走り込んだし素振りもした。プレーの研究だってものすごくした。こんなにがんばったのは生まれて初めてかもしれない。

なのにダメだった。何も目覚めなかった。

試合で大吾はエラーをした。一本のヒットも打てなかった。あんなにがんばったのに。

あんなに努力したのに――。

みんなの冷たい視線を背中に感じながら大吾は悟ったのだ。

――どうやらおれは、ごく普通の人らしい。

無理やりにでも、自分を納得させるしかなかった。

――おれは決して、おとさんにはなれないんだ。

それからは何をするのも嫌になった。何もしたくなかった。野球で味わったあの惨めな思いをもう二度と味わいたくなかったのだ。だから、野球の後に始めたサッカーも即やめた。勉強だってしたくない。だって、努力したって、どうせ姉ちゃんみたいにはできるようにならないから。がんばったって、どうせおれは茂野吾郎にはなれないから。ヒーローになる才能がないから。

床に突っ伏したまま、いつの間にか昔の事を思い出していた。フローリングに触れている頬がなんだか濡れているような気がする。

自分を笑うよりなかった。床に突っ伏したまま「ハハ……」と空笑いしてみる。

昔のおれは――。

まだ希望に溢れていた頃を思い出す。

きっと、プロ野球選手になれるって信じてたんだ。

第1章

1

「ねーねー、聞いた、睦子？　四組に転校生が来たんだって！」

「へー」

「それがね、超イケメンらしいの！」

「ふーん」

クラスメートの理子の高いテンションをスルーして、睦子は掃除の手を止めずに気のない返事をする。あんまりそういうの興味ない。睦子が食いつく素振りも見せないのに理子は畳みかけてくる。

「それにね、背も高くて！　しかも帰国子女で英語ペラペラらしいよ！」

「あー、そう」

聞き流しながらもなんとなく考える。へー。背が高くてイケメンで英語ペラペラ。わたしの頭の片隅にいつもいるあいつと正反対って感じね。掃き集めたごみを廊下の隅に集めていたら、教室から出てきたあいつと目が合った。背はちょっと小さめ。いつも暗い顔をしてるからイケメンって感じには見えない。勉強も得意じゃないみたい。しかも今、普通にランドセルを背負って帰ろうとしている。理子があいつを指さして大声で言った。

「ちょっと茂野くん！　あんた何帰ろうとしてんのよ！　あんたも掃除当番でしょ！」

あいつが立ち止まり振り返った。いつもと同じつまらなそうな目をしている。「え？　そうだっけ」とか言ってる。理子はますますキレる。

「わざとらしいのよあんた！　ほら、ちりとり取ってきて！　せっかく噂の転校生の話で睦子と盛り上がってたのに、テンションだだ下がりよ！」

別に盛り上がってないけど。睦子はちょっと気の抜けた顔であいつを見る。茂野大吾。同じ二組のクラスメートだ。あの茂野吾郎の息子。

「茂野くんも噂の転校生くんを見習って、少しは自分を磨きなさいよ。そんなんじゃ女子に相手にされないよ？」

理子の言葉に大吾が顔をしかめている。

「うるせー」

「あれ？」

別の声が混ざった。

「それ、もしかしてぼくの話？　ぼく、四組の佐藤光って者だけど――」

睦子と大吾は同時に振り返った。そこにめがねをかけた背の高い男子が立って、さわやかな笑みを浮かべていた。理子が男子を指さす。「あ！　たぶんこの人よ、この人！」

勝手に盛り上がる理子を手のひらで制して、佐藤光が言葉を続けた。

「うん。ぼくがその転校生さ」

あっさりと肯いてみせた。照れもしないでなんだか余裕の顔だ。噂されるのなんか当然って感じの顔。佐藤光がそのままの表情で、フレームに指を当ててクイとめがねを上げた。

「――それで君たちに聞きたいんだけど、君たちのクラスにプロ野球選手の息子がいないかな？　茂野って苗字なんだけど」

ちょっと頬を染めた理子が大吾の背中をぐいと押した。

「ああ！　それなら目の前にいるわよ。これこれ。これがその茂野ジュニア」

大吾が売り出し中の新商品みたいに扱われてる。佐藤くんがちょっとびっくりした顔で大吾を見ている。

「なんだ、君か。はじめまして」

右手を差し出す。大吾はその手をチラリと見て、そのまま佐藤くんをスルーして向こうに行ってしまう。背中を向けたままサラリと言った。「わりーけど、サインとか全部断ってるから。親父は今台湾行ってていねーし」

「え？」

「だから、サインはお断りなんだよ」

「早とちりだなあ。君は」

「は？」

佐藤光と茂野大吾が向き合った。佐藤くんは少しだけ笑みを浮かべている。

「別に、ぼくは君のお父さんのサインなんかいらないよ。そりゃ、昔は名投手だったらしいけど、正直今は、都落ちのマイナー野手でしょ？」

「はあ？」

大吾の眉がピクリと動いた。睦子は少しだけハラハラしてくる。

「そもそも、ぼくのパパの方が有名だしね」

「ああ？　なんだそりゃ」

にっこり笑って佐藤くんが言う。

「ぼくのパパは佐藤寿也。知ってるだろ？」

みんなの動きが止まった。野球未経験、しかも今のところほとんど興味もない睦子でも知っている。佐藤寿也。メジャーリーグで大活躍し、ホームラン王にもなって、去年引退したばかりの元メジャーリーガーだ。日本中のほとんどみんなが知っているはずだ。あの茂野吾郎と同じくらいに。案の定、理子が顔を真っ赤にして叫んだ。

「ええーっ！　あの佐藤寿也ぁ!?」

キャーキャー言っている。睦子だって驚いてる。この佐藤光くんも、大吾と同じ二世なんだ。

「そう。ぼくはほんとはニューヨークの暮らしの方が良かったんだけど、そういう事情で日本に戻ってくることになって、しかたなくぼくもここに転校してきたんだよ」

大げさに肩をすくめてみせる。「アンダスタン？」

大吾の顔がゆがんでいる。長く見てきたから睦子にはわかる。この佐藤光くんって男子、大吾の嫌いなタイプだ。大吾の表情に睦子はアテレコしてみる。「何だコイツ。はげしくウゼー」。絶対そう思ってる。

「それでぼく、この辺りの野球チームに入りたいんだけど、君なら詳しいよね？」

佐藤くんが畳みかける。大吾の表情がどんどん変わっていく。睦子のアテレコも忙しくなる。

「いいトコ知ってる？」

いや知らねーよ。ていうか、そんなの自分で検索でもして調べろよ。

「もちろん君もどこかでやってるんだろ？」

うるせー。やってねーよ。ていうか結構前にやめたよ。

「ポジションは？　やっぱりピッチャー？」

大吾がキレた。

「うるせーな！　野球なんかやってねーよ！」

「え？　あ、そうなの？」

佐藤くんがきょとんとしている。大事なところを大吾がしゃべらないから、睦子はちょっとだけ口を挟んでみた。

「茂野くん、前は野球やってたじゃない。前に入ってたとこ紹介してあげれば？　ほら、監督の連絡先とか知ってるでしょ？」

大吾が言いよどんでいる。

「え？　いや……、ドルフィンズは昔は硬式のリトルだったけど、今は軟式だし……。硬式のリトルでやる気なら、横浜まで出ないとこの辺にはねーよ」

「そうなの？　じゃあどうしよう……」

「そんなの、勝手に調べて好きなとこ入りゃいいだろ。知るかよ、おれが」

言い捨てて昇降口に続く階段を降りていってしまう。睦子と佐藤と理子は廊下に取り残される。

佐藤くんが睦子を見てポツリと言った。

「なんかグレてるんだね、彼。いつもあんな感じなの？」

睦子は苦笑いする。「あ……、いや、まあ」

心の中では強く肯く。そう。だいたいいつもあんな感じ。だけどそれは、佐藤くんがあいつの逆鱗に触れたから。あいつの前で「野球」って言ったから。茂野吾郎の二世って言ったから。きっとそう。

きっと、あいつはそのことでずっと悩んでいる。

「理子、掃除の続きお願いね」

睦子はほうきを放り出して教室に入った。ランドセルをつかんで駆け出す。何か言おうとして手を伸ばしている理子に、ジェスチャーだけで「ごめん」と伝え、佐藤くんに「またね」と言い残して階段を駆け降りた。あいつが靴を履いている。昇降口を出たところで追いついた。

「茂野くん！」

大吾が振り返った。「あ？　佐倉？」

「いっしょに帰っていい？」

大吾が少しだけ頬を染める。「え？　なんだよ急に。まあいいけど……」

横に並んで歩き出す。歩きながら睦子は大吾を見る。大吾は少しだけうつむきながら歩いている。長く伸びている自分の影を追いかけているみたいに。

「あたしたちさあ……。幼稚園も小学校もずっと同じだったけど、あんま、ちゃんとしゃべったことないよね」

睦子は静かに話しかけた。大吾が少しだけ考えてから答える。

「……そうだな。小六になるまで同じクラスになったことなかったしな」

睦子は大吾を見る。わたしの方が少しだけ背が高い。いつも遠くからこの顔を見ていた。六年生になって、その距離が少しだけ近くなってうれしかった。

「どう思ってた？」

「え？」

「ずっと、あたしのこと、どう思ってた？」

大吾の顔を見ていたら、なんか、聞いてしまった。聞くのが怖くてずっと胸の中に閉じ込めていたのに。大吾が言葉に迷っている。

「どうって……。別に……、何も……」

すごく動揺してる。「ハハ……。なんだよ、いきなり……」

睦子は凹む。「別に」って言われた。ズシンとくる。

「……だよね。『別に』だよね……。茂野くんにとったら、あたしなんてそりゃモブよね
……」

「はあ？　いやそういうことじゃ……」

「でもね！」

睦子は顔を上げた。茂野大吾の顔をまっすぐに見つめる。

「あたしは違うよ。あたしは茂野くんを知ってる」

大吾が驚いた顔で睦子を見ている。睦子は続ける。伝えたかった。

「茂野くんは昔から有名人だった。プロ野球選手の息子でクラスでも人気者だったし、バレンタインに女子からよくチョコももらってたし、あたしみたいなモブには近寄りがたい存在だった」

大吾が空笑いした。「ハハ……、やめろよ」

肩を落としている。「そんなん全部親父の力だろ？　おれ自身の人気でもなんでもねえ、くだらねー七光りさ」

睦子は力を込めて言う。「そんなことない」

大吾が笑うのをやめた。睦子を見る。

「ぜんぜんそんなことないよ。茂野くんが野球をやめるまではね」

大吾の顔が変わった。真剣な目になる。

「――あたしさ、去年までお兄ちゃんがドルフィンズにいたから、親とちょくちょく観に行ってたんだ。茂野くんがやってた試合や練習もよく観てたよ」

思い出す。泥だらけになって走る大吾を。捕れそうもない打球に飛びつく大吾を。汗をぬぐう大吾を。ミスしても立ち上がる大吾を。

「かっこよかった」

隣にいる大吾を見る。大吾も睦子を見ている。

「あたしにとっては二世とか七光りとか関係ない。あそこには、普通にひたむきで一生懸命な、かっこいい茂野くんがいたんだよ」

　言いながら頬が染まっていく。それが自分でもわかる。

「だから……、ずっと前から聞きたかったんだ。茂野くん、どうして野球やめちゃったのかなって」

　もう一度見たい。野球をやっている大吾くんの姿を。だから睦子は言う。

「できるなら、あたしはまた、茂野くんが野球してるところを――」

「うるせーな」

　断ち切られた。睦子は頬を染めたまま、「え？」と固まる。

「うるせーんだよ。どいつもこいつも。ほっとけよ、バーカ」

　思い切り予想外のことを言われた。信じられない。今、あたしが話したこと聞いてた？　リプレイしてみてよ。これほとんど愛の告白だよ？　女の子が愛を込めて励ましてるっていうのにその返事が「バカ」？　何それどういうこと？　ありえなさすぎる。叫びたい。

　大吾が横断歩道を渡っていく。睦子はその隣についていかない。遠のいていく大吾。その背中に心の叫びを投げつける。

――あんなやつだったの⁉　ちくしょーあのタコ！　あたしの初恋を返せよ！

風呂から出てきた姉ちゃんを捕まえて大吾は叫んだ。

「どーしてくれんだよコレ！　動かねーぞ！　電源入らなくなっちまったぞ！」

スイッチを押してもゲーム機は真っ暗なままだ。

「昨日姉ちゃんが放り投げたから壊れたんだろ！　弁償しろよ！　しょうがねーから最新型でいいよ！」

勢いでいろいろ言ってみた。長い髪が湿ったままのいずみねーちゃんが、シンとしているゲーム機を手に取る。

「あー。ほんとだわ。こりゃご臨終だわ」

「だろ⁉　昨日床に落ちたのが原因だって！」

「ごめんごめん。でもさ、ちょうどよかったじゃん。これ、ゲーム以外に夢中になるもの見つけろって神のお告げよ、きっと」

「はあ⁉　自分が壊しといてなんだよそれ！　汚ねーよ！　弁償してくれよ！」

「やー。でもさ、今そんなお金ないのよ。あたしだって、そろそろへたってきたグローブとか買い換えたいし」

ゲーム機がないと困るのだ。いろんなものから目をそらせなくなってしまうから。何もしないで部屋にいるとどんどん気持ちが暗くなってしまう。だから必要なのだ。

今日だって、佐倉に妙なことを言われたから大吾の世界は暗くなった。帰り道、ずっと思っていたのだ。

――おれがかっこよかっただと？　んなわけねー。かっこわりーからやめたんだよ。みっともないからやめたんだよ。

うつむいて歩いた。

――二世でなければ、おれが野球やったってあんなふうに注目されるわけなかった。ちょっと近所の野球チームに入っただけで、「期待の二世」とかマスコミに取り上げられて期待されて……。初打席を勝手に取材されて、大勢の前で惨めに三振して、頼んでもないのに公開処刑だ。そのせいでチームメートからも浮いちまって、グラウンドに出るのが苦痛でしかなくなっちまった。二世でなければ。二世でさえなければ……。

野球をやめようと思った日。練習の帰りに河川敷に立ち寄って、大吾はグローブを川に投げ捨てた。

――二世でなきゃ、もっと気楽に野球ができたのに……！

それで、鬱々とした気持ちで家に着いたらゲーム機が死んでいた。踏んだり蹴ったりだ。

「ん？　ちょい待って」

いずみねーちゃんが急に明るい顔になった。「そうだ！　そういえば、あんた一年しか使わなかったグローブ持ってたっけ。あれちょーだいよ！　そしたらゲーム機の修理代くらい出してあげるよ」

「いや……。あれならもうないし」

姉ちゃんの言葉が胸に突き刺さる。途端に声が小さくなった。

「え？　なんで？」

「……捨てたよ。とっくの昔に。もう……、野球のもの、見たくなかったから」

姉ちゃんが叫んだ。

「はあぁー!?　あんたマジ!?　あれ、パパがあんたに……！」

「おーい大吾ぉ」

姉ちゃんと言い合っていたら、かーさんが能天気な顔して部屋に入ってきた。大吾といずみは気をそがれて口を閉じる。かーさんが笑いながらあっさりと言った。

「今ね、ドルフィンズの田代監督から電話があって、なんか、選手が三人インフルエンザにかかっちゃったから、明日の試合、大吾に出てほしいってさ」

「ええっ!?」

「で、とりあえずオッケーって返事したけどいいわよね？」

指でOKサインを作って笑顔のまま言われた。選択の余地なし。決定事項の伝え方で。

「マジかよ!?　何勝手に返事してんだよかーさん！」

「いーじゃない別に。他に誰もいないって言うんだし」

「冗談じゃねーよ！　せめておれの意思を確認しろっての！」

「いーじゃない別に。さっき聞いたけど、ゲーム機壊れてるんでしょ？　欲しくないの？」

ちょっとだけ声を落とす。

「……何が？」

「新しいDS」

明日の朝十時。大吾の練習試合への参加が決定した。

2

全身全霊で不機嫌とやる気のなさを表現しながら大吾はグラウンドにやって来た。朝はギリギリまで布団の中でねばったし、田代監督にも「チームの足引っ張っても知りませんよ。おれ、へたくそですから」とネガティブ発言をぶつけておいた。

ユニフォームとグローブを受け取って、更衣室代わりになっている三船ドルフィンズのマイクロバスに向かったら、そこで思いがけないやつに出会った。

めがね。長身。優男っぽいのに実は結構がっしりした体格。そして余裕の表情。

「佐藤⁉」

三船ドルフィンズのユニフォームを着た佐藤光がそこにいた。佐藤光が驚きもせずに言う。

「ああ、大吾くん。来たんだ」

「な……、なんでおまえが!? そのユニフォーム着てるってことは……!」

「うん。今日、さっそくドルフィンズに入ったんだよ。ぼく的には、とりあえず近所の野球チームで十分だったからね」

「……え? でも……、人数が足りないからおれが呼ばれたのに……?」

「ああ。監督が、試合に出るのは君だってさ。まだぼくの実力がわからないし、ぼくは今日はダグアウトで見学してろって」

佐藤光の背中を見送ってから、大吾は慌ててチームバスに乗り込んでユニフォームに着替えた。胸の真ん中に大きく「D」と抜かれている。一年前、何もかもをあきらめて脱ぎ捨てたユニフォームだ。なのにまたこれを着ている。

――何やってんだろ。おれ……。

そう思いながら、帽子をかぶって小走りにダグアウトに向かった。ドルフィンズのメンバーが大吾に気づいてそれぞれに声をかけてくる。

「おっ、大吾じゃん」

「え？　ああ、オウ」

確か、サードを守ってた有吉だっけ……。また別の人に声をかけられた。

「おう。ひさしぶり」

「ああ……」

今度は誰だっけ……？　ああそうだ。センターの永井だ。みんな、一年前までチームメートだった面々だ。

ダグアウトの隅っこにちんまり収まっていたら、みんなの話す声が聞こえてきた。

「誰なんですか？　あの助っ人」

「助っ人？　ああ、助っ人ねえ……。下級生は知らねーか。四年の時だけうちにいた茂野大吾だよ。ほら、チームバスくれた、あの茂野吾郎の長男」

尋ねた少年がぽかんと口を開けている。

「ああ。あれが。へえ……」

大吾の顔が曇っていく。ポンとチームバスを寄付してくれるくらいの大物の息子。だけど、その大物のすごいところをまるで引き継がなかった残念な息子――。大吾の耳にはそう聞こえてしまう。

突然、佐藤光が大吾の肩をつかんだ。大吾をみんなの方に振り向かせて、大きな声で言う。

「そう！　だから今日このドルフィンズには、元メジャーリーガーの二世が二人もいるんだ。ゴージャス、アンド、ファンタスティーック！　だね！」

大吾はとまどって光の胸をドンとついた。

「うるせーよ。二世自慢とかバカじゃねーの」

「いや……、別に自慢したわけじゃないけど……」

屈託のない佐藤光の笑顔すら大吾には歪んで見えてしまう。

――ちくしょう。どーせおれなんか……。


田代監督から「集合！」の声がかかった。両チームで一礼を済ますと練習試合のスタートだ。三船ドルフィンズは後攻。まずは守備だ。佐藤光は控えでダグアウトにいた。だから、光には田代監督、藤井コーチの会話が聞こえてくる。大吾のことを話している。

「大吾はライトか」

藤井コーチだ。

「ああ、一番負担は少ないだろ」

田代監督が続けて言った。

「まあ、ブランクも長いし、いてくれるだけでいい」

光の耳に田代監督の言葉が引っかかった。いてくれるだけでいい――。なんだかすごく嫌な響きだ。

グラウンドに目をやった。ユニフォーム姿の茂野大吾がライトに立っている。ユニフォームが似合っている。グローブを構える姿も様になってる。あんなにネガティブだったのに、大吾くんには野球が似合っている。

バッターが当たり損ねのフライを打ち上げた。フライがライトに飛んでいく。光は少しだけ腰を上げてライトの大吾に注目した。藤井コーチが「ライト！」と叫んでいる。

大吾が走る。空を舞うボールをまっすぐに見据えて落下地点に走る。走ったままボールに飛びついた。倒れたまま左手のグローブを上げる。そこに白いボールが見えた。捕った。

チームメートから歓声があがる。「ナイス！　ライト！」。藤井コーチもエールを送っている。「いいぞ、大吾！」

光は思った。

――結構難しそうなキャッチだったのに、彼、やるじゃないか。ちゃんと捕れてる。できるんじゃないか。大吾くんは野球が。

大吾のプレイを見ていたら、自然と口が動いていた。

「藤井コーチ」

「ん？」

「茂野は、なんで野球やめたんですか？」

間があった。

「さあな。よくわからん。本人は、ヘタクソだし楽しくないからって言ってたがな」

「へえ。……でも、今のプレーだけ見てたら、それほどヘタでもないんじゃないですか？　まわりだって特別うまいって感じでもなさそうですし。正直、ついていけないってレベルじゃないですよね」

当たり損ねた打球がサードに転がっていく。言ってるそばからサードがゴロを捕り損ねた。ファンブルして、ますます慌ててファーストに投げる。案の定ボールはそれてファーストの後ろに転がっていった。それを見てバッターが二塁に向かう。藤井コーチがため息をつく。「あーあ」

その時、ファーストの背後に大吾が見えた。相手チームが驚いている。「うわっ！　ライトのバックアップはええっ！」

ボールをつかみ、大吾が振りかぶった。セカンドに投げる。タイミングは余裕でアウトだ。これでアウトを取れば、大吾のファインプレーだ。

だけど——。

大吾が投げたボールは、大きく弧を描いて落ちて、何度もバウンドしてからセカンドに届いた。

塁審が「セーフ」を告げる。二塁を踏んだランナーが、「え？　セーフ？」と呟いている。それくらい速く完璧なバックアップだったのだ。なのにセーフになった。相手チームが沸き立っている。

「うはっ！　結果オーライ！　ライト、肩なくて助かったー！」

田代監督が静かに言った。

「あれなんだよ。大吾がやめた一番の理由は――」

光は大吾を見る。大吾がライトに戻っていく。背中を丸めて、なんだか小さくなって。

「本人が思っているほど運動神経は悪くない。守備は練習してかなりうまくなったし、今のバックアップみたいに、ちゃんと考えたプレーだってできる」

ライトの定位置にたどり着いた大吾がこちらを向いた。うつむきがちの目。今まで何度か見てきた、ネガティブな大吾の目だ。

「大吾は、野球選手としては、致命的に肩が弱い」

田代監督は続ける。

「小さい頃から親父のような野球選手に憧れて、ずっとそれを目標にしてきた大吾にとって、それはおそらく絶望的で、受け入れがたい理想とのギャップだったんだ」

二回裏。まさかのツーアウト満塁。こういう場面で「よっしゃ！」と打席に立てるほど大吾は強くない。大吾は肩が弱い。だからボールを投げなきゃならない守備は苦手だ。ではバッティングはどうか。聞かないでほしい。一年間野球をしていた間、ヒットを打った記憶がない。

ダグアウトから「親父ゆずりの豪快なホームラン見せろ！」とか、「おまえのDNAなら打てる！」とか聞こえてくる。応えなきゃと思って全力でスイングしたら、あっという間に二つ空振りしてしまった。で、やばいと思ってボールをよく見たら見逃した。アウト。無得点でチェンジ。仲間たちの声が失望のそれに変わる。

「あーあ。結局無得点か。期待したのがバカだったぜ」

三回の表。受難は続く。今度は三遊間にライナーヒットでワンナウト一、三塁のピンチ。しかもその時にショートの木村が手首をひねって負傷退場してしまった。ドルフィンズの人数はギリギリで控えなんていない。

「しかたない。無理はさせられん。交代だ」

そして、田代監督に呼ばれて出てきたのが――。

「佐藤！　出ろ！　センターの岸本がショート、佐藤はセンターだ！」

あいつだ。おれと違って自信満々。メジャーリーガーの二世だってことを一ミリも負担に思っていない恵まれたやつ。こんな場面だっていうのに、あいつは明るい顔ではきはきと答える。

「了解です！　まかせてください！　正直ずっと見学だけで退屈だったんですよ！」

大吾にはそんなこと言えない。口が裂けても、「まかせろ」なんて言えない。言ってみたいくらいだ。

ちくしょう。

佐藤光が小走りでセンターにやって来て屈伸運動している。ライトの大吾を見てニコリと笑う。

――くっそ。初出場でどんだけ余裕なんだよ。同じ二世で比べられちまうだろーが。

みんなの期待の目もすごい。なにしろあの佐藤寿也の息子だ。佐藤寿也は野球センスのかたまりみたいな選手だった。守備だって打撃だってずば抜けていた。だから当然期待される。大吾はそのプレッシャーの重さを知っている。今の、なんか捻じ曲がってしまった自分ができたのはそのプレッシャーのせいだからだ。

あの茂野吾郎の息子だ。どんなプレーを見せるんだ。

あの茂野吾郎の息子だ。どれくらいすごいヤツなんだ。

前提条件が、ほかのやつよりどれだけすごいか、なのだ。普通のプレーじゃ満足されない。度肝を抜かれてはじめて及第点。大吾はいつも思っていた。そんなの、逆に差別だろって。

ビシッと打ちそこねのバッティング音がした。大吾は我に返って打球の行方を追う。センターに打球が飛んでいた。佐藤光の守備範囲だ。しかもほぼ定位置へのフライだ。ランナーは一塁、三塁。犠牲フライになる。キャッチしてホームに投げ、肩が強ければ、ホームでアウトを取れるかもしれない。藤井コーチが叫ぶ。

「佐藤ジュニアの肩が見れるぞ！　頼む！　ホームで刺してくれ！」

光がグローブを頭上に掲げた。フライが落ちてくる。さあ、フライをキャッチしてホームへ投げろ。佐藤ジュニアの力を見せてみろ。誰もがそう思った瞬間――。

「あ」

ボールは光の頭の上を抜けて、背中にポコンと落ちた。みんなの目が点になる。

「へ？」

相手チームがワッと沸き立った。

「エラーだぁ！　よっしゃー！　二人とも還ってこい！　2点先取だぁ！」

田代監督が叫ぶ。「何やってんだ！　さっさと拾いに行けー！」

大吾は光のカバーに走る。一塁ランナーが三塁を蹴っている。2点は確実。その上、このままじゃランニングホームランになってしまう。焦ってボールをつかんだ。ホームに投げようと振り返ったその時、

「貸して。君の肩じゃ間に合わないでしょ？」

光にボールを奪い取られた。理解が追いつかないうちに光が振りかぶって投げる。

ゴウと風を切る音が聞こえた。

──は……!?

時が止まったような気がした。光が投げた球は大暴投だった。ホームに投げたはずが、ドルフィンズのダグアウトに直撃するくらいノーコンだった。だけど、ありえない。

むちゃくちゃ、速かったのだ。

「どこ投げてんだ佐藤ぉ！」

藤井コーチが叫んでいる。ランナーはゆうゆうホームに還ってランニングホームランだ。

光が頭をかいている。悪びれもせずに。

「あちゃー。またやっちゃった」

ようやく自分を取り戻して大吾は叫んだ。

「お……、おい佐藤！　おまえふざけてんのか⁉」

「え？　何が？」

「むこうのリトルで野球やってたんじゃねーのかよ！　イージーフライはバンザイだし、肩は強いけどコントロールむちゃくちゃだし……。おまえ一体どーいうつもりで……」

光がきょとんとしている。

「え？　リトルでやってたなんてぼくは一度も言ってないよ。ぼくは今日、初めて野球やるんだけど」

大吾は光以上にきょとんとする。

「え……？　な……、なんで⁉　おまえ、佐藤寿也の息子だろ⁉　それが、今日が初めて……？」

光が笑っている。

「イエース。アイ・プレイ・ベースボール、フォー・ザ、ファースト・タイム。OK？」

――マジかよ。

大吾は思う。

――さっきのあれ、すげー返球だったぞ。本当にこいつ、野球初めてなのかよ……。

3

「何ぃ⁉　野球初心者だって⁉」

田代監督の驚きと対照的に、光は当たり前みたいに笑って答える。

「ええ。アメリカではサッカーとかバスケとかテニスとかいろいろやってましたけど、野球は父さんとキャッチボールしたくらいです。父さんが、野球はいつでもできるから、小さい頃はなんでも好きなスポーツやっとけって」

「………」

「でも、日本だと部活はひとつのスポーツに絞るらしいんで、中学になる前に、やってなかった野球を試しにやってみようかなって思って」

藤井コーチが苦笑いしている。「ああそう……。試しにね……」

田代監督がすまなそうに言った。

「なるほど……。そりゃあエラーもしかたないか。佐藤ジュニアってだけで、完全に経験者と決めつけてたよ。すまなかったな」

三回の裏。ドルフィンズの攻撃は光からだ。光は野球初心者。バッティングだって今日が初めてなはずだ。それなのに嬉々としてバッターボックスに向かう。「やった、バッティングだ」とか言っている。

大吾はなんだかハラハラしていた。なぜだかよくわからない。二世だって期待されてバッターボックスに立つ時のあのいたたまれない気持ちのようにも感じるし、一方で、もしかして光なら……、という気持ちも混じっているような気がする。

「プレイ」の声がかかってピッチャーが一球目を投げた。たいして速くもなければキレもない投球だ。でも光は大きくスイングして思い切り空振りする。球審の「ストライク」の声に、光が「あれ？」と首をかしげている。

──あちゃあ。完全に初心者のスイングだ……。

でも思う。なのに……、なんか、目が離せない。

もう一球、なんでもないストレートを大振りしてストライクツー。早くも追い込まれた。

たまりかねた田代監督が「タイム」をかけて、バッターボックスの光のところに駆けていく。

「ちょっと待て佐藤！　おまえ、バットどうやって持ってる？」

「え？　こうですけど」

光のグリップを見て田代監督が盛大に突っ込んだ。

「おまえ、握りが逆だよ！　右バッターは右手が上にくるんだ！」

光がぽかんとしている。「はあ……。そうなんですか」

「おまえ……、そりゃあ空振りするわけだ……」

「はあ。つまりこう、左手が下に……。なるほど。しっくりくる。どーりで打ちにくいと思った」

「はあ……」

田代監督があきれながら帰ってくる。プレイが再開され、ピッチャーが投球のモーションに入った。田代監督が肩を丸めてダグアウトのみんなに言う。「まあ、初めてなんだからしかたがない。これから少しずつ覚えていけば……」

その瞬間、田代監督の背中の向こう側から「バコッ」とバッティングの音がした。

「え？」

みんな一斉に腰を浮かす。「あ！」

光の打った球がライト前に落ちていた。大吾は固まる。

――うそだろ⁉

みんなが一斉に叫んだ。「いきなりヒット打ちやがった！　走れぇ！　佐藤！」

光がバッターボックスではしゃいでいる。「やった！　当たった当たった！」

みんなでもう一度叫んだ。「何やってんだバカー！　一塁走れー！」

「え？」

光がこっちを振り向いた時には、ライトから一塁にボールが返ってきていた。塁審があきれながら「アウト」と告げる。

ぶつくさ言いながら光がダグアウトに戻ってきた。「えー。ヒット打ったのにアウトっておかしくないですか？」

もう一度突っ込む。「おかしいのはおまえだろ……」

大吾は光から目が離せなかった。さっきのハラハラの意味がわかった気がする。光のやつ、バットの握りを覚えただけで、いきなりボールの真芯をミートしやがった。どんな才能だよ。おれなんかまだ一度もヒット打ったことないのに……。おれの憧れのヒットをいとも簡単に……。

試合は進んだ。コツをつかんだのか、センターの光もエラーをせずそつなくこなしている。大吾の打席も回ってきた。けど今度はキャッチャーフライ。どうやったら光みたいに気持ちよく遠くまで飛ばせるのかぜんぜんわからない。

少年野球の最終回、七回の攻防が始まった。得点は相手チームが3点、ドルフィンズは四回の裏につないでもぎ取った1点だけだ。しかも相手チームの攻撃は、ワンナウト、一塁、三塁。一打出たらダメ押しの場面だ。

絶対に打たれちゃいけない。絶対にアウトを取らなきゃいけない。そんな場面だって言うのに、相手チームのバットが快音を放つ。

「行ったーっ！　右中間だぁ！」

ライトの大吾は走る。捕らなきゃだめだ。捕らなきゃ負ける。けどライナーで飛んでくる打球は大吾のグローブのずっと先にある。――だめだ。間に合わない……！

そう観念しかけた時、視界の端に光の姿が見えた。センターの光が打球にすばやく反応して落下地点に走っていたのだ。ボールは大吾のグローブの脇をすり抜ける。光が落下地点に滑り込んだ。スライディングの途中でボールをつかむ。「何ぃ⁉」

大吾は目を疑う。――うそだろ？　捕った⁉

光が体を起こした。ファーストを向く。その仕草で大吾も気がついた。「光！　ファーストだ！　ランナー飛び出してるぞ！」

光が投げる。ビームのようにまっすぐに、光の投げた球がファーストのグローブに突き刺さった。塁審が右手を突き上げた。「アウト！」

大吾は呆然とする。さっきから信じられないことばかりだ。なんでこいつ、こんなプレーができるんだよ。ついさっきまでこいつは野球を知らなかったんだぞ。やったことなかったんだぞ。なのに今のプレーは……。

光が笑っている。さわやかに言った。

「うん。だいぶ慣れてきたかな。野球って案外簡単じゃん。大吾くん」

――同じ二世で、こうも違うのかよ……。

ダグアウトで最終回のドルフィンズの攻撃を眺めながら大吾は考えていた。隣に光が涼しい顔をして立っている。

――こいつが初心者なんて信じられねー。たった一試合で、あっという間に野球のコツをつかみやがった。いとも簡単にヒットは打つわ、すぐに打球勘は身につけるわ、肩は化け物クラスだわ――、こいつ、なんでもかんでも持ってやがる……。

誰も何も言ってないのに、一人でどんどん沈んでしまう。

――これだったんだよ……。おれがなりたかったのは、こういう二世だったんだよ……。

打ちひしがれている大吾の背中に光の声が落ちてきた。

「大吾くんは、やっぱり野球には戻らないの？」

返答に詰まる。「え……？」

「……同じ二世だし、学年も学校も同じだから、ぼくとしてはいっしょにここで野球やれたらうれしいんだけど……」

「…………」

「やっぱり大吾くんにとって、野球はハッピーじゃないのかな？」

光から目をそらして答える。

「ああ……、ハッピーじゃないね」

光は何も言わない。

「おまえみたいに……、才能を受け継いでる二世ならハッピーだろうけどな」

光が大吾を見ていた。

「そうかな。才能とそのスポーツが好きかどうかは別の話でしょ。実際、ぼくは今日、ここまで野球やってみて、まだ大して楽しくないし」

思う。

――はあ⁉　そんだけできて楽しくない？　んなわけあるかよ。打てて走れて守れるなら、野球ほど楽しいスポーツはねーんだ。できさえすれば、野球は最高のスポーツなんだ。

七回の裏。ドルフィンズの攻撃もすでにツーアウト、あと一人で終わりだ。バッターの当たり損ねの球を相手チームのセカンドがつかんでファーストに投げる。けど送球がまずくてファーストが捕り損ねてエラー。一塁にランナーが出た。プロではありえないような稚拙なプレーだ。だけどみんな一球一球に喜んだり悲しんだり大声を出したりしている。

「うおっ！　ラッキー！　ランナー出たぞ！」。みんなで心の底から楽しんでいる。

光が静かに言った。

「彼らにしても、みんながその〝才能〟ってやつに溢れてると思うかい？　そんなの特になくても、ぼくにはみんな、ハッピーに見えるけど」

ドルフィンズのみんなが身を乗り出してバッターにエールを送っている。「よっしゃ！　まだわかんねーぞ！　つなげぇ！」

緊張した面持ちのバッター。顔を赤くして、必死に応援している仲間たち。暗い顔をしてるやつなんて一人もいない。でも……。

「……あいつらは二世じゃねーじゃん。野球やるのに、変なレッテル貼られたりするわけじゃねーじゃん。……他のやつは親父と比較されないし、できなくても、それにコンプレックス感じることなんてねーじゃんかよ！」

言ってるうちにだんだん声が大きくなっていって、最後はほとんど叫んでいた。

大吾は光を見られない。光がどんな顔をしているのか見るのが怖かった。光の声はどこまでも静かだ。

「なるほどね。要するに、君は野球をやりたいんじゃなくて、野球でお父さんみたいな有名人になりたかっただけなんだ」

そう言われた。

「そりゃあ、才能を言い訳にやめたくもなるよね」

そう言われた。大吾は言い返せない。そんなこと思ってもみなかった。おれはただ、野球が好きだからおとさんみたいになりたいんだと思っていた。だけど、もしかして違うのか……？　おれってもしかして、おとさんみたいになりたくて、野球を利用しようとしてただけなのか……？　おれってそんな、クズ野郎なのか……？

田代監督の声がした。

「おい。次、おまえだろ。大吾」

大吾はネクストサークルに向かう。光に言われた言葉で頭がいっぱいだった。おれ、もしかして……。野球が好きなわけじゃないのか。好きなフリをしてただけなのか……？

ワッとダグアウトが盛り上がった。バッターがバットを置いて一塁に向かっていく。

「デッドボールだ！　つないだー！　これで一塁、二塁だぁ！」

続けて聞こえてきた。

「でも大吾だー！　ここで残念ジュニアかよ！」

「終わったー」

大吾は聞こえないふりをする。そうなんだ。おれは残念ジュニアなんだ。打てないし走れないし守れない。野球をやっちゃだめなやつなんだ。誰からも期待されない。誰からも「あーあ」って言われる。そういう人間なんだ。だからもういいやって思ったんだ。誰からも期待されないんだから、自分ももう、自分に期待するのをやめようって思ったんだ。

だから野球を嫌いになろうとした。自分の気持ちにふたをして、見ないように努めた。みんなをがっかりさせたくなかったから。自分をがっかりさせたくなかったから。

その時、光の声が聞こえた。

「あんたらさぁ！」

怒っていた。温厚な光からこんな声が出るなんて信じられないほど、光は激しく怒っていた。

「普通に応援してやれないんですか!? 仲間がそんなんだから、大吾はやめちゃったんでしょーが！」

みんなが黙り込む。続けて言われた。光がこっちを向いていた。

「打てよ大吾！ 悔しいだろ！ せめて最後に一本くらいヒット打って、おれもこいつらも見返してやれ！」

ドンと背中を押された気がした。見、見返せって言われた。大吾のことを残念ジュニアって言ったやつや、才能のかたまりみたいな光を。

大吾はバッターボックスに立つ。想いが溢れてたまらなかった。光に言われた言葉が頭の中に響いている。

――要するに、君は野球でお父さんみたいな有名人になりたかっただけなんだ。

んなわけあるか。

ピッチャーが投げる。白い球が飛んでくる。

大吾は今、野球をしている。

――ドヤ顔で何言ってんだあのバカ。有名人とかじゃねーよ。おれは本当に憧れてたんだ。おれは本当に、おとさんみたく、かっこいい野球選手になりたかったんだ。才能がなくても楽しめるほど、いい加減な憧れじゃなかったんだよ。そんないい加減なもんじゃ……！

白いボール。大吾の憧れ。本当は大好きなもの。ずっと自分にうそをついてきた。

光の声がまた聞こえた。

「見返してやれ！」

ちくしょう。

一人で絶望して、一人であきらめた、そんな自分自身を――。

見返してやれ！

「ちくしょう！」

振った。バットに球が当たった感触があった。大吾は強くまばたきして涙を切る。目の前にてんてんとボールが転がっていた。光の声が、さっきよりずっと大きく響いた。「走れぇ！　大吾ぉ！」

走る。一塁を目指して走る。心の中で叫んでいた。

ちくしょう。

ちくしょう。

ちくしょおう！

頭から一塁ベースに突っ込んだ。腕が土に擦れる。頬に小石が突き刺さる。口の中に砂利が入る。ガバッと顔を上げた。塁審が見える。

塁審が両手を横に開いた。「セーフ！」

「おっしゃあー！」

ダグアウトからみんなの声がした。「大吾がつないだぁ！　ツーアウト満塁だぁ！」

大吾は一塁に立つ。

これが、茂野大吾、初めてのヒットだった。

4

ダグアウトが沸いている。

「一打同点！　長打ならサヨナラもあるぞ！　頼むぞ、佐藤！」

光がバッターボックスに向かっていく。指を三本立てて宣言した。

「わかりました。ぼくのせいで取られた3点は、ぼくのバットで取り返すしかないでしょ」

とんでもないセリフだった。こんなの、他の誰かが言ったらあきれ返るか爆笑ものだ。だけど光が言うとみんな黙ってしまう。もしかしたら……、って思えるからだ。

一球目、高目に大きく外れたストレートを光が大振りした。ダグアウトから悲鳴があがる。「おい！　クソボールだぞ！」

二球目。今度は外角に思い切り外れた球を大振りする。とてもバットが届かないようなコースなのに無理やり打とうとしている。田代監督が立ち上がった。

「もしかしてあいつ……」

バッターボックスに走り寄っていく。ジェスチャーを交えて光にひと通りレクチャーして、汗をかきながらダグアウトに戻っていった。

藤井コーチと話している。

「佐藤……、なんだって？」

「やっぱりわかってなかった。とりあえずストライクゾーンの説明だけはしてきたよ」

「……マジか。そこからかよ……」

ファーストランナーの大吾も力なく笑う。当たり前すぎて意識すらしていなかった。要するに光は、ピッチャーの投げた球をぜんぶ打たなきゃいけないと思っていたのだ。そりゃあ空振りもする。けど――、ストライクゾーンを理解したら光はどうなるんだ？　高さは胸からひざの間。幅はベースの幅。ストライクゾーンがわかれば範囲が狭まる。ヒットの確率が格段に上がる。

次の球。低目のきわどいボールを光は振らなかった。田代監督が緊張した面持ちで光を見ている。「よく見たな……」

四球目。今度は内角にくい込むようなコースだ。光はピクリとも動かない。球審が「ボール」をコールした。田代監督が息を呑んで、藤井コーチが汗をぬぐった。

「こえー。今度は見すぎだろ……。今の、ストライク取られてもおかしくなかったぞ」

再び大吾を、あの妙なハラハラが襲ってきた。バッターボックスの光から目が離せない。

——あいつ、まさかもう、見極めたんじゃ……？

満塁で、ツーボール、ツーストライク。この辺りでストライクがくるはずだ。ピッチャーがセットポジションで投げる。ほぼど真ん中だ。光の目がボールを追っている。スイングする。

パアン。

乾いた音がした。大吾はなんだか予期していたような気がする。光は打つって。こいつならきっと、言ったことを実現するって。

「うおおっ！　左中間フェンスに突き刺さったぁあ！」

ダグアウトは総立ちだ。藤井コーチが腕をぐるぐる回している。「まわれーっ！」

三塁ランナー、二塁ランナーがホームを踏む。同点だ。三塁を蹴って大吾も走る。大吾が還れば逆転。ドルフィンズの勝利だ。三塁を抜けると、二塁に向かって走っている光が見えた。やっぱり目が離せない。

——おかしいだろ。なんだあの当たり……！　おかしいだろ、あの初心者——！

光が二塁を蹴った。走っている。気持ちよさそうに。チームのみんなが雄叫びをあげている。

「よっしゃあ！　サヨナラだー！　いけー！　大吾ぉ！」

——なんなんだよ、あいつは……！

思い切り光を意識していたら、踏み出した左足が右足にぶつかった。大吾は「あ」と思う。

次の瞬間には転んでいた。ホームベースの手前一メートルくらい。バンザイした姿勢のままべったりとグラウンドにへばりついた。頭の上をボールが返ってくる。キャッチャーがポスッとキャッチして、ペシッと大吾の頭にタッチした。シンとする。

「アウト！」

球審が右手を挙げてそう告げた。アウトだよ。サヨナラ確実の場面で勝手にこけて、味方チームどころか相手チームまでポカンとさせてアウトだよ。なんだよこれ。いったいどうなってんだよ、おれの野球運は。

自分にあきれる。

顔を土に埋めたまま、大吾はその言葉を聞く。

「ゲームセット！」

＊

「はああっ!?　なんだよそれぇ！　試合出たら、新しいDS買ってくれるって言ったじゃん！　約束しただろ！　ひでーよ！」

「だから言ってるでしょ！　野球やるんなら買ってあげますって。なんにもしないでまた毎日ゲームなんてダメよ！」

皿を洗いながらかーさんがそう言う。大吾は吠える。

「きたねーよ！　最初からおれをだますつもりで試合に駆り出したのかよ！」

「だってそーでも言わないとあんた行かないでしょ？」

「だいたい、あの試合だって、かーさんの狙いはおれにもう一度野球をやらせることだったんだろ!?　だったら完全に逆効果だぜ！　あの佐藤寿也の息子のおかげで、おれはもうきれいさっぱり野球にあきらめがついたんだから！」

いずみねーちゃんがリビングに入ってきた。「あーもー。朝から何もめてんのよぉ」

大吾は勢いよくキレる。

「うっせ！　このおしゃべりクソパンダ！　どーせねーちゃんがかーさんにいろいろ言ったんだろ！」

「は!?　何いきなり？　クソパンダって何よ!?」

「子どもみてーなパンダパンツのくせにうっせーんだよ！」

いずみねーちゃんの顔が一瞬で真っ赤になった。

「なんで知ってんのよ！」

大吾は駆け出す。

「あーもういいよ！　かーさんのうそつき！　ねーちゃんのクソパンダ！」

家を飛び出した。ものすごくムカムカする。何もかもが。

ドカドカ足を踏み鳴らしながら学校に向かっていたら、光と佐倉が並んで歩いていた。

思わず大吾は立ち止まる。光と佐倉が何か話している。会話の切れ端が大吾の耳に届いた。

「それで盛大にこけちゃってさー」

光の声。佐倉の笑い声。

「あはは。それちょーうける」

傷つく。昨日のおれのスライディングアウトの話だ。光のやつ、佐倉にあの話をしてるんだ。おれを笑いものにして……。悔しくて涙が湧いてくる。落ち込むっていうより怒りの方が早かった。

「あ、大吾くん。おはよー」

光に言われた。大吾は怒りをぶちまけた。

「盛大にこけて悪かったなあっ！　朝からガッカリ二世の悪口で盛り上がってよかったたな

あっ！」

言っていて自分が嫌になる。けど止められなかった。どんな言葉が返ってくるか怖くて大吾はクルリと踵を返して駆け出す。自分でも情けないってわかってる。これじゃ完全に負け犬の遠吠えだ。ちくしょう。捨てゼリフを残して走り去る。「最低だよ、おまえら！」

教室に着いてもショックから立ち直れなかった。一日中最悪の気分。授業は耳に入ってこないし、休み時間に教室に響く明るい笑い声とか楽しそうな会話とか全部ムカつく。最悪だ。もう何も信じられない。なんていうかもう……。

野球のせいで、未来が見えない。

ぜんぜん立ち直れないまま放課後を迎え、昇降口で一人靴を履いていたら、いつかみたいに背中から声をかけられた。振り返ると佐倉が立っている。

「茂野くん……」

大吾はプイと顔をそむけた。何も答えてやらない。佐倉のやつ、光といっしょにおれのことを笑っていた。前はあんなことをおれに言ったくせに、心の中ではおれを笑ってたんだ。そんなやつだとは思わなかった。おれだって、佐倉にあんなこと言われて、悪い気はしなかったのに……。

「ちょっとぉ。待ってよ」

佐倉が追いかけてきた。大吾の前に回り込む。

「別に……、あたしだってあなたと話したいわけじゃないんだけど」

「…………」

「ただ、佐藤くんに頼まれただけだから」

「……光に？」

「うん。あのね、佐藤くんが運動会でこけちゃったって話を、茂野くんが自分の話と勘違いしたんじゃないかって……」

理解するのに数秒かかった。ポカンと口を開ける。「……え？」

佐倉が少しだけ怒っている。

「バカにしないでよ。あなたのこと大っ嫌いだけど、あたし、人の陰口で笑ったりしないから」

「マジ……？」

完全に独り相撲だった。自分で思い込むあまりに、見るものぜんぶ、聞こえることぜんぶが自分の悪口だと思っていた。超絶ダサい。おれ、どんだけ自意識過剰なんだよ。ダセー。ダサすぎるだろ、おれ。

佐倉が続けた。

「あー、そうだ。それと野球のことだけど。佐藤くん、ドルフィンズ入らないってさ」

「え？」

「野球はやらないって、茂野くんに伝えてって言われた」

大吾は立ち尽くす。佐倉が校門を越えて去っていく。光が野球をやらないって？

――なんで。

光がドルフィンズに入らないって？

どうして――。

意識しないうちに、昇降口に向かって駆け出していた。六年四組の教室に向かって走る。

なんでだ。光、なんでだよ……！

掃除当番だったらしく、光はまだ教室にいた。ちょうど教室を出ようとしていた光をつかまえて、大吾と光は向き合って立つ。

光が軽い感じでたずねてきた。

「どしたの？　今朝のことなら、佐倉さんに伝言頼んだはずだけど」

「そりゃもういいんだよ。それよりおまえ、野球やらないってマジかよ」

ほんの少しだけ間があった。

「うん。マジだよ。昨日はじめて野球やってみたけど、それほどやり込む気分にならなかったんだよね。退屈だし」

「は？　何が？」

「だって、守備はたまにしか飛んでこないし、バッティングも八人待たないといけないしさ」

「はあ？　なんじゃそりゃ。そんなことどうでもいいっつーの！　おまえはあんなに才能あるのにアホかよ!?　どー考えてももったいねーだろが！」

光が笑う。

「もったいないって？　あはは。何それ。君どこのスカウト？」

大吾は笑わない。

「うるせー！　ふざけんなっつってんだよ！」

心からの言葉だった。

「おまえは……！　あんなに打てて投げれて守れて……！　おれが欲しくてしかたないものの何もかも持ってるくせに……！」

唇を震わせて耐える。涙は見せたくない。本心だって光にバレてしまうから。本当は野球が大好きだって、こいつに見抜かれてしまうから。

「あんなにかっこいいプレーができるのに、野球を退屈とか……、言うな……！」

おれの大好きなものを。

「退屈とか、言うな……！」

光が言った。もう笑っていなかった。

「――大吾くんは、野球が好きなんだね」

大吾は動きを止める。抑えていたのに、ずっとがまんしていたのに、こいつに言葉にされた。おれの心を、こいつに言い当てられた。

「君こそ、なんで野球やめたのかわからないよ。ほんとは野球が大好きなんじゃないか」

なぜか手を差し出された。大吾は光の手を見つめる。

どういう意味かわからない。

「オッケー。決めた」

光が言った。大吾は「何を？」と思う。

「大吾くん。ぼくといっしょに野球やろう。君がドルフィンズに戻るなら、ぼくももうちょっと野球の魅力を探してみるよ」

そう言われた。大吾は光の目を見る。

真剣な目。まっすぐな目だった。

「君は、野球が好きなんだよ。野球を好きな才能は、ちゃんとお父さんから受け継いでるんだ」

野球を好きな、才能……？

「だから、君が戻るならぼくも野球をやる。まわりの目なんてもういいじゃない。まだそんなレッテル貼って君を冷やかすやつがいたら、ぼくがぶっとばしてやる」

目を見て言われた。心の奥底を見透かすような目。うそをつかない目、うそをつかせない目。

「今週、ぜったい練習に来なよ」

第2章

1

大吾の家には練習用のバッティングネットがある。ていうかプールもある。車もかなりの高級車が二台ある。大吾のおとさんの茂野吾郎が野球で活躍を続けているからだ。

みんなに羨ましがられるけど、大吾の小遣いは普通の小学生と同じくらいだ。「新しいゲーム買って」と言ってもかーさんは決して容易には首を縦に振らない。お金ならあるのに、スーパーで特売の肉とか野菜を買ってきて自分で料理する。成長期のいずみねーちゃんや大吾のためにバランスを考えて献立を決め、おとさんが海外にいる分、いつも大吾といずみねーちゃんのことを見ている。

そんなかーさんだから、若干ウザがらみがすぎることもあるけど、大吾も無下にできない。

今までずっと見るのも嫌だったのに、緑色のバッティングネットの中に入ったらなんだか落ち着いた。バッティングティーを立ててその上にボールを置く。それをバットで打ち抜く。ボールの真芯を捉えるためのミートの練習だ。一年前、ここで何度も同じ練習をした。何百回、何千回とやって、それで「だめだ」と思ってあきらめたのだ。なのにまたここにいる。また同じ練習をしている。

なんでだろう。おれ、なんでまた、野球してるんだろう——。

そんなことを考えながらバットを振っていたら、いつの間にかかーさんがネットの向こうに立っていた。大吾はかーさんに気づいてギョッとする。

かーさんの目がなんかキラキラ輝いてる。少女マンガの恋する乙女みたいに。

「きゃあー！」

叫ばれた。そのままネットにかーさんが突入してくる。「もーやだあ大吾ぉ！　やっぱり野球する気になってくれたのね！　かーさん信じてた！」

言いながら抱きつかれた。抱くっていうか、締め付ける感じに。久しぶりのかーさんの体温に少し照れる。

「……べ、別に、DS欲しいからやるだけだよ。てゆーか、今度はちゃんと約束守ってくれよな、かーさん」

「もーなんだっていいわよ、あんたが野球やってくれるなら！　じゃー今夜、さっそく田代監督に電話しとかなきゃね！　あ、そうだ！　あんたグローブ捨てちゃったんだから、かーさん新しいの買ってあげる！　パパのはほら、硬式の左利き用ばっかだし！」

マシンガンみたいに言われた。大吾はかーさんの勢いにちょっと引きながら、「いーよ」と言う。腰を屈めてそれを拾い、かーさんに見せる。「グローブならあるから」

かーさんの目が丸くなってる。

「え？　なんで？　それ、パパがあんたにくれたグローブじゃない！　あんたそれ、捨てちゃったっていずみから聞いたけど……」

「ああ……、一度はね。一度は川に投げ捨てた。もう野球と決別しようって思って」

「じゃあ……」

「でも……、遠くに投げられなかったんだ。それですぐに岸に戻ってきた。おれの肩じゃ、グローブ捨てることもできなかったんだ」

かーさんが固まっている。大吾は続ける。

「だからずっと、部屋のガラクタ入れにしまってた。やっぱ、一応おとさんに買ってもらったやつだし……」

「そう……」

かーさんの目が優しくなっていた。大吾の肩に手を置く。

「まあ、無理せずがんばんなさい。大吾は大吾なんだから、自分の野球をやればいいのよ」


土曜日。少し早く練習場に着きすぎた。グラウンドにはまだ誰もいない。いっしょに来た光と二人ぼっちだ。

「まだ誰も来てねーや。じゃあキャッチボールでもしてようぜ。光」

「うん」

ユニフォームに着替えて光とボールを投げ合う。ボールを投げながら光と話す。

「つか、なんでおまえキャッチャーミットなんだよ」

「いや、うちにこれしかなかったから」

「ああ、そか。光の親父、キャッチャーだもんな」

「うん。でさ、大吾くん」

「ん」

「ぼくあれからちょっと野球のこと調べたんだけどさ」

「ん？　何を？」

「野球が退屈だって言ったけど、それはぼくがセンターなんて地味なとこ守ってたからだと思うんだ」

「はあ？」

「野球の花形はピッチャーらしいじゃない」

「んー、まあ」

「あそこなら退屈しなそうだし、ぼく、ピッチャーやるね」

「え？」

ゆるいキャッチボールだったのに、急に光が振りかぶった。肩を入れて投げる。

「おい！」

剛速球が大吾の二メートルも右を飛んでいった。大吾はあきれる。確かに速ーよ。速ーけど……。転がったボールを追いかけながら大声で言う。

「そのコントロールでピッチャーとかアホか！」

ボールを拾って戻ってきたら、グラウンドに人が増えていた。光の前に、ドルフィンズのユニフォームを着た体格のいい男子が二人立っている。光と何やら話している。

「あ、大吾くん」

光が明るく大吾に笑いかけた。二人の男子がいぶかしげな目で大吾を見ている。

「光、この二人誰？　見覚えないんだけど」

「ああ。この人たちが、この前の試合インフルエンザで休んでたんだってさ。それに、ドルフィンズ入ったの一年くらい前らしいから、お互い知らなくて当然だよ」

「ああそう、へえ」

細身で色白、長身の方の男子が大吾に言う。

「こっちも『へえ』だよ。こんな時期にプロの二世が二人も加入なんてな。こりゃいいや」

続ける。「いい」と言っているのに、なんだか挑戦的な目だ。

「ぜひともそのサラブレッドの実力を見てみたいもんだね。おれとここにいるアンディは、ドルフィンズのエースと正捕手なんだよ。ちょっと勝負してみないか？」

隣の浅黒い肌をしたがっちりした体形の男子を親指で示して言う。

――勝負って……、おれ、そんな勝負なんてできるほどの実力じゃ……。

迷っていたらあっさりと光に言われた。「いーね！　よし、やろう！」

ものすごい安請け合いだ。光の返答を受けて長身の方がニヤリと笑った。アンディと呼ばれた太い方の少年は防具を取り出して身につけている。屈み込んだ姿勢のまま言う。

「卜部、マジでやんのか？」

長身の方は卜部というらしい。マウンドに向かいながら短く答えた。「ああ。願ってもないチャンスじゃねーか」

大吾は光にくってかかる。

「おい！　バカかよ光！　聞いただろ？　あいつエースなんだぞ！　恥かくだけだろ！」

「いや、わかんないでしょ。やってみなきゃ」

「わかるよ！　コテンパンにされちまうぞ！」

「てゆーか、恥かいてもいいじゃない。大吾くんはさ、いい加減そういうの気にするのやめなよ」

「え……？」

「恥をかくのは悪いことじゃないよ。悪いのは、恥を恐れて好奇心をなくしてしまうことさ」

そう言われた。光がバットを握りながら大吾に聞く。「ぼくから行っていい？」

「あ……、ああ、どーぞ」

「オッケー」

打席に立った。もうバットの握りもばっちり、構える姿も様になっている。ピッチャーマウンドの卜部が目を光らせた。振りかぶって一球目を投げる。

「あ……！　危ない！」

思わず大吾は叫んだ。卜部の球がまっすぐに光の頭に向かっていたからだ。光が頭を下げてそれをかわす。バックネットにボールが直撃した。

悪びれずに卜部が言う。笑っていた。「おっと、すまんすまん」

光が顔を上げた。表情は変わっていない。

「……なんだ。うちのエースはずいぶんとノーコンなんだね。これなら、ぼくでもエースになれるかな」

大吾はハラハラする。いや、何ケンカ売ってんだよ光。今のはあからさまにワザとだろ。ワザとおまえの頭を狙ってきたんだぞ。わかるだろ、そんくらい。

卜部が振りかぶった。「ノーコンなんかじゃねーよ」

投げる。「きっちり顔面狙えてただろーが！」

今度は外角真ん中へのストレートだ。捕手のアンディのミットがビシッと心地よい音を立てる。

——うっわ。超速えじゃん。あれがうちのエースかよ。

かなりの速さだ。しかもコースもいい。光が呟いた。「ストライク、だね」

アンディの返球を受けて卜部が「フン」と鼻を鳴らした。

「たりめーだ。三球目、行くぜ」

「どうぞ」

「フン。プロの二世だからって、このおれがビビるとでも思ってんのか！」

今度は高めのストレートだ。光のバットが空を切る。

マウンドで卜部が笑っている。「ここではおれが王様なんだよ。二度となめた口利くんじゃねーぞ」

四球目を投げ込む。ど真ん中、渾身のストレート。これまでのどの球より速い。その球を光がミートした。パアンと弾けるような音が響く。打球はライナーになってまっすぐに卜部に向かう。卜部がとっさに手を伸ばして光の打球をつかんだ。

ボールを捕ったのに、卜部が額に汗を浮かべている。呟きが聞こえた。

「マジかよ……。たった一打席でおれの球を……！」

打席の光があっさりと言った。

「ちえっ。捕られたからぼくの負けか。いい当たりでも正面ならアウトとか、野球って、そういうとこが納得いかないんだよなぁ……」

「おい！　卜部、アンディ！　おまえら何やってんだ！」

田代監督の怒鳴り声が聞こえた。「危ないから選手だけでの対戦は禁止してるだろーが！」

どうやらここで勝負はおしまいのようだ。やって来た田代監督に、キャッチャーミットを外しながらアンディが言う。

「監督。なんでこの時期に新入りなんか入れたんすか？」

田代監督が少し戸惑っている。隣にいる藤井コーチも困惑ぎみだ。「え？　なんでって……、入りたいやつはいつだってウェルカムに決まってるだろ」

「そりゃないでしょ。じゃあ古くからやってた誰かが、こいつらのせいで試合に出られなくなるじゃないスか。六年は最後の夏ですよ。おれは、こいつら入団させたくないっすね」

田代監督が答えられずにいる。アンディが続けた。

「冗談じゃないすよ。こいつらのせいで、ずっとやってきたやつが出られなくなるとか理不尽でしょ」

「いや、そう言うな……、別にまだ佐藤と茂野がレギュラーになれるかわからんし、野球やりたいってやつを入団拒否なんてできんよ」

「そんなん、レギュラーに決まってるでしょ。茂野とかいう小さい方は知らんけど、その佐藤ってメガネは卜部の球を普通に捉えるレベルなんですよ。しかもこいつ、ピッチャーやるとか言ってるし」

田代監督の目の色が変わった。「何!? ピッチャー!? 本気か佐藤!?」

光が照れながらも普通に言う。

「ええまあ。一番楽しそうなポジションなんで」

田代監督と藤井コーチが顔を見合わせた。それから光と大吾を見る。

「佐藤、大吾、ちょっとこっち来てくれるか」

田代監督にダグアウトの裏側に連れてこられた。真剣な顔になった田代監督が言う。

「佐藤はピッチャー志望なんだな。わかった。で、大吾は希望のポジションはあるのか？」

言いよどむ。

「え……。いや、おれは、そんなこと言える実力じゃないし……。出られるならどこでも……」

田代監督が静かに言った。心なしか残念そうに見える。「そうか……。わかった。じゃあ、佐藤はピッチングのテストだ。おれが捕るから投げてみろ」

田代監督が距離をあけてしゃがみ込んだ。ミットを広げて光を見る。大吾はハラハラする。

「よし。来い、佐藤」

光が振りかぶった。足を上げ、ためらいなく投げる。

指を離れたと思った次の瞬間には、弾丸のようなボールが田代監督のミットに収まっていた。田代監督の目が見開かれる。

「…………!?」

田代監督が上擦った声をあげた。「も……、もう一球だ！」

次の一投。球速は変わらない。だけど、光が投げた球は大きく右にそれてバウンドした。暴投だ。「もう一球！」

今度も大暴投。田代監督が目一杯体を伸ばして高い球をつかむ。「次だ！」

確かに球はめちゃくちゃ速い。だけど、ストライクが入らない。

光が汗をかいていた。

「ううん。ストライクって難しいな」

田代監督が腰を上げた。「オッケー。もういい。佐藤」

光の前に立つ。「残念だがピッチャーは無理だ。だが、肩はいいから外野手としてがんばってみろ」

光が何か言おうとした。それを遮って田代監督が続ける。

「誤解するな。ピッチャーの素質は十分にある。だが、大会まであとひと月しかないんだ。初心者のおまえが今からピッチャーはさすがに無理だ」

光が下を向いた。小さな声で言う。

「……わかりました。とりあえず外野手でいいです」

顔を上げた。その顔は不敵にほほ笑んでいる。

「でも、あと一回だけチャンスもらっていいですか？　大会前に、もう一度ピッチングテストしてください。ピッチャーが無理かどうかは、その時に判断してください」

大吾は思う。光のこのほほ笑み——。

——なんか、嫌な予感がする……。

2

家のインターホンが鳴ったから、宅配でも届いたかと思ってモニターをのぞいてみたら、画面の中で光と佐倉が笑っていた。大吾は「げ」と口に出す。

しかたないので迎え入れた。開口一番に言う。

「なんなんだよおまえら！　人の家を休日のデートコースに入れてんじゃねーよ」

睦子が短く言った。

「付き合ってません。じゃああたしは帰るね」

光が笑顔で応じている。「うん。わざわざありがとう」

「え？　なんだよそれ」

大吾の疑問に光が答えた。

「大吾くん家知らなかったから、佐倉さんに案内してもらったんだ」

「あー。そゆこと」

「大吾くんが家にいてくれてよかったよ。これで目的が果たせる」

「あ……？　おまえ何言って……」

「ちょっと付き合ってよ大吾くん」

おそるおそるたずねた。

「……何を？」

「うん。ピッチャーの練習」

やっぱりだ。嫌な予感が的中した。ちょっとだけ抵抗してみたけどやっぱり押し切られた。なんだか最近いつも光のペースに巻き込まれている気がする。

結局ネットの中に収まって、光を前にキャッチングのポーズになる。

「……じゃあとりあえず投げてみ。けど、こないだみたいなノーコンはごめんだぜ。こっちは防具とかつけてねーんだから！」

「うん」

あの球速で暴投とか凶器以外の何物でもない。大吾は内心恐怖に震えながら光の球を受け止めた。気持ちよくミットに収まる。

――あれ？

光にボールを戻す。

「なんだよ。ちゃんと投げれるじゃねーか」

「うん。昨日さ、練習終わってから本とかネットで調べたんだ。そしたらノーコンの原因がひとつわかってさ。ぼくずっと、わしづかみでボール握ってたんだよね」

「え……？」

「ボールの縫い目も気にしてなかったし。握り方も深すぎたみたい。だからそこを直してみたんだ」

投げる。凄まじい速球がきれいにミットに突き刺さった。

――マジかよ。握りを修正しただけで、もうノーコン克服かよ!?

何球か受けていたら手がしびれてきた。大吾は顔を歪めて光に言う。

「ちょっとタンマ！　おまえ、はじめから本気で投げるんじゃねーよ！　痛ーんだよ」

光が笑っている。「やだなあ大吾くん。ぜんぜん本気じゃないよ」

「え？」

「本気だと――」

光が振りかぶった。「こうだけど!?」

一瞬、ボールが巨大に見えるほどの速さだった。目で追えない。ミットの端っこに光の剛速球がゴッと音を立てて当たった。大きな石でもぶつけられたみたいな衝撃だ。

腰から地面にくずおれる。

「うん、いい感じ！　マックスで投げても制球できるよ！　よし！　もっと狙ったとこに投げられるように練習しよう！　次行くよ、大吾くん！」

大吾は無言で立ち上がり、物置から大きな板を持って戻ってきた。きょとんとしている光に言う。

「これ」

光が首をかしげている。「何これ？」

ビンゴみたいに1から9までの数字が書かれた板がストライクゾーンの形にはまっている。昔、おとさんがいずみねーちゃんや大吾のために作ってくれた投球練習用のボードだ。

「これ使っていいから、一人で精進してくれたまえ」

「え。嫌だよ。一人でやってもつまんないよ。キャッチャーやってよ！」

「死ぬわ！　おまえ、自分がどれだけ速い球投げてるかわかってんのか!?　百十、いや、百二十は出てたぞ！　あんなん凶器だぞ凶器！」

「やだなあ。大げさだよ。だってこれゴムボールだよ？」

「中身がみっちり詰まったゴムだろーが！　さっきの球だって、ミットにかすってなかったら大ケガしてるっつーの！」

光がニコニコしたまま言った。

「じゃあケガしないように、監督からキャッチャーの防具借りてこようよ」

ここまで言ってるのに一歩も引こうとしない。大吾は半ばあきれながら言う。

「……あのさぁ、そこまでして、なんでおれが捕らなきゃなんねーのよ。おれ、キャッチャーじゃねーんだぞ」

光がパチクリと目をしばたいた。そのあとで急に明るい顔になって言う。

「じゃあキャッチャーになればいいじゃん」

「はあ？」

光の声が弾んでいる。

「そうだよ、それがいいよ！　大吾くん、目指すポジションないんだったら、キャッチャー目指せばいいじゃん！　それでぼくの球捕れるようになって、ぼくとセットであの卜部とアンディのバッテリーに挑戦しよう！」

目がキラキラと輝いている。

「お……、おれがキャッチャー？」

「うん！　そうだよ！　ぼくがピッチャーの時は君をキャッチャーに指名するから、そうすればバッテリーとして試合に出られる！　それで、二人で卜部とアンディからレギュラーバッテリーの座を奪うんだ！」

さらに目が輝く。ものすごく楽しそうだ。対して大吾はあっけにとられる。光のやつ、とことんまでポジティブだ。なんだってやればできる、できないことなんてないと思ってる。でも現実はそうじゃねーんだ。できないことはできないんだ。現におれは……。

「いやいやいや！　何言ってんだよ光！　おまえ、自分のブルペン捕手が欲しいからって調子のいいこと言いやがって……！　だまされねー。だまされねーぞ！」

光が黙った。じっと大吾を見ている。

「だ……、だいたい、肩の弱いおれがキャッチャーなんてありえねえっての！　やることめちゃくちゃ多いし、ある意味一番難しいポジションなんだぜ!?」

止まらない。せっかく光がああ言ってくれてるのに、またおれは自分をだますために自分に言い訳している。言いたくないのに。どうしておれは……。

「それに、おまえがおれを指名したって、アンディよりヘタクソなら監督がおれを使うわけねーし！　それに、大会まであと一か月しかねーんだぞ!?」

何言ってんだ、おれ。

「一か月で……、いや、何年あっても、おれがキャッチャーなんてできるわけねーんだよ……！」

なんでいつもそうなんだ。おれって……。

光が自分の野球道具を片づけはじめた。無言でリュックを背負って大吾の前を通り抜けようとする。大吾は額に汗をかいていた。言ったことの半分は本音で、もう半分はただの言い訳だった。すごくうれしくてやってみたいのに、なぜかいつもこういう情けない言葉が口から出てしまう。もしかして光のやつ、情けないおれに怒ったのかもしれない。あきれられたのかもしれない。不安になって大吾は声をかける。

「お、おい。なんだよ光……。帰るのかよ。うちの庭使っていいって言ってんだろ。ボード使って練習してかないのかよ」

大吾の前を通り過ぎた光が、振り返らずに言った。

「大吾くん……。ぼく、野球のこと知らないくせに、無茶言って悪かったね」

「…………」

「ぼくはただ――、ぼくの球を大吾くんに捕ってもらって、いっしょに試合に出られたら楽しいなって思っただけだよ」

庭扉を開けて出ていく。やっぱり振り返らない。

「でも……、現実的に無理なことならしかたがない。だったら……、ぼくは一人で練習するよ」

——なんだよ、光のやつ。

部屋の勉強机に座ったまま、大吾は考えていた。頭の中で二人の自分が言い合っている。

「どうせできねーよ」「やってみなきゃわかんねーだろ」「やったって無駄だよ。今まで全部そうだったじゃん」「今まではそうでも、これからは違うかもしんねーだろ」「光にあきれられたよ」「だったら見返してやればいいだろ」

パンクしそうになって、後ろの机で勉強しているいずみねーちゃんに話しかけた。

「ねーちゃん。キャッチャー、やったことある？」

いずみねーちゃんがペンを止めて振り返った。「はぁ？　何急に？　ないけど……、それが何よ」

「あのさ。もしおれがキャッチャーやるなんて言ったら、誰だって笑っちゃうよな」

だっておれは才能ゼロのヘタクソなんだから。キャッチャーなんて、チーム全体を見渡す統率力と、重いプロテクターをつけて試合中ずっと屈んでいる体力と、盗塁を防ぐための肩の強さ、それに精神的な屈強さも必要な難しいポジションだ。そんなポジションを、ドヘタでへたれのおれが務めるなんて、そんなの誰が聞いても笑うに決まってる。ほらみろ、いずみねーちゃんだって……。

「別にあたしは笑わないけど？」

大吾はガバリと体を起こした。予想外すぎて同時に言う。「なんで⁉」

「んー？　何が？」

「うそつけ！　おれの肩の弱さ知ってんだろ⁉　弱肩のおれにできるわけねーって思うだろ⁉」

「だから思わないって。うそじゃないわよ」

「どーしてだよ⁉」

「あたしがドルフィンズにいた時はさ、キャッチャーなんて誰もやりたがらなかったから、特に運動神経高くない子がやらされてたし、中学も、正直、普通の子がやってるよ」

信じられない。呑み込めなくて言ってしまう。

「ハハ……。いや、それでもやっぱ、二塁に送球できる肩くらいはあるだろ？　人それぞれ、ポジションには適性があるに決まってんだから……」

いずみねーちゃんがペンを置いた。ため息といっしょに言う。

「あんたさぁ、頭でっかちになりすぎ」

「……え？」

「ちっちゃい頃からパパ絡みのプロ野球の試合や情報に囲まれて育ってるからしかたないけど、少年野球の適性なんて、本人のやる気だけっしょ」

頭をぶん殴られたみたいだった。動けない。

「二塁への送球？　そんなん、プロでもないんだから、それほど重要じゃないでしょ？今のわたしのチームのキャッチャーくんは、肩強くないけど、野球に詳しくてよく気がつくタイプだから、それで十分みんなから信頼されてマスクかぶってるよ？」

肩が強くなくても、キャッチャーはできる……？

いずみねーちゃんがいたずらっぽく笑った。人さし指を立てて言う。

「そーいう性格的な適性なら、大吾なんて、むしろキャッチャー向きかもよ」

まばたきができない。こないだ国語で習った。こういう状態を目からうろこが落ちるって言うんだ。

大吾の頬がだんだん、だんだん、赤く染まっていく。

――そっか。キャッチャー……。キャッチャーか……！

3

ひざに当たる砂利の感触。これってちょっとなつかしいかも。

「いくよ、睦子ちゃん」

ミットを構えたまま睦子は小さくうなずく。睦子の視線の先には大きく振りかぶった佐藤光がいる。光の右腕がしなる。白いボールが飛んでくる。ボールはぐんと大きさを増して睦子に迫ってくる。ミットを開く。開いた瞬間に、パァンと乾いた音を立てて真ん中に白球が突き刺さった。ぐいと押される感触。気持ちのいい軽いしびれ。

――うん。そう。思い出した。この感じ。ボールを捕るって、こういう感じ。

光がうれしそうに明るい声を出した。

「やるじゃない、睦子ちゃん。すごくいい感じだよ」

睦子はまた無言。笑いもせずにコクリとうなずいてボールを光に戻す。光がパシッとボールを受け取って同時に言う。

「睦子ちゃんが引き受けてくれて助かったよ」

急に光に言われたのだ。「睦子ちゃん、ぼくのキャッチャーやってくれない？」って。

睦子は一瞬だけ戸惑った。けどすぐにうなずいた。断る理由が見当たらなかったからだ。

睦子の兄は去年までドルフィンズにいたから家で兄とよくキャッチボールをしていたし、あいつが――、茂野大吾がまだ野球をやっていた頃に、ボールを追いかける楽しそうなあいつの姿を何度も見ていたから。

光くんから理由も聞いた。ほんとはあいつにキャッチャーを頼んだんだけど、断られたんだって。あいつは言ったんだって。「キャッチャーなんておれにできるわけない」って。

――あいつ、いつまでそんなこと言ってるつもりなんだろ。

光の球を受けながら睦子は思う。〝あいつが断ったから――〟キャッチャーを引き受けた理由にはそれも混ざっているような気がする。

光が次の球を投げた。空気を切り裂くようにしてボールが飛んでくる。

弾けるような音と同時に、左の手のひらに心地よい刺激が伝わる。

——すごく速い。速いけど、捕れる。

自分でも不思議だった。こんなに速い球が目の前に迫ってくるのに、別に怖くもないし、取り損ねたらケガするかもとか、ネガティブな思いに囚われることもない。普通に捕れる。

「お！　いたいた！　おーい、光！」

まさかの声がした。あいつだ。茂野大吾。わたしの愛の告白を「バカ」のひと言で返したとんでもないやつ。「キャッチャーなんてできない」とか弱音を吐きまくってる情けないやつ。ここにいるわたしに気づきもしないで光くんに話しかけてる。

なんか言ってる。

「あのさ……。はは……、あれからおれ、ちょっと考えてさ。ほら、キャッチャーの話なんだけど……」

光がこっちを見た。睦子を指さしてる。

「ああ。それならもういいよ。ほら、練習相手なら見つかったから」

大吾がぽかんとしている。「え？」こっちを見た。

「えええーっ！　佐倉ぁ!?」

大声で睦子の名を叫ぶ。リアクション大きいなぁ……。睦子は呆れるだけで何も言わない。

光が投球のフォームに入った。

「彼女、前からキャッチボールやりたいって言ってたからさ、ダメもとでお願いしたら、すごい乗り気でさ」

大吾の顔は若干引きつっている。「いやでも……、女じゃん。野球の経験だって……」

投げた。睦子は光の速球をなんなく捕る。ミットの真ん中で、心地よい音を響かせて。

大吾の口がパクパクしている。

「それがほら、ご覧のとおりうまいんだよ。なんなら彼女、ドルフィンズに入ってもいいって言ってるし」

パクパクしたまま大吾が言う。

「はあー!?　なんで佐倉がキャッチャーやれんだよ!?　なんで佐倉が光の剛速球わけな

く捕ってんだよ!?」

睦子は思う。そんな驚くこと？　わたしにとっては普通なんだけど……。光くんが説明してくれている。

「睦子ちゃん、お兄さんが野球やってたから、昔からキャッチボールの相手してたんだってさ。それでうまくなったらしいよ」

大吾がすごく複雑そうな目で睦子を見ている。睦子はいちおう補足する。

「聞いたよ。茂野くん、キャッチャーやりたくないんでしょ？　だからあたしが光くんの練習相手してあげようかなって……」

大吾の口がむにゅむにゅ動く。「べ……、別にやりたくないってわけじゃねーよ。確かに朝はそんなこと言ったけど、その……、気が変わったから来たんだよ」

伏し目がちに言う。

「せ……、せっかくだから、光のためにキャッチャーやってやろうかなって……」

睦子はため息をつく。なんだ、そういうことね。いつもの調子で、「どーせムリ」って勢いで断っちゃったけど、ほんとはまんざらでもなかったってことか。大吾のダメなところ。でもなんだか、大吾らしいところ。

少しだけがっかりする。「なんだぁ。じゃああたし用なしかぁ。暇だし、ちょっと真剣に野球やってみてもよかったんだけど……」

真面目な顔で光が大吾を見ていた。

「でも――、信用していいの？　大吾くんのこと」

「え？」

「だって、なんだかいまいちやる気が見えないんだよ」

光の言葉に大吾が固まっている。

「いつまでも消極的っていうか、自主性がないっていうか……。ぼくに付き合ってしかたなく野球やってるように見えるんだよね。大吾くん」

すごく冷たい目。大吾が無言になっている。

「てゆーか、ぼくのために、〝キャッチャーやってやろう〟って、なんで上から目線なのかな。大吾くんじゃ、ぼくの速い球は捕れないでしょ？」

すごく鋭い言葉。突き刺さるような言葉だ。

「ま、キャッチャーなんて難しいポジションを大吾くんに勧めたぼくが間違ってたよ。いいんだよ、別に無理して付き合ってくれなくても。ぼくの相手はほら、睦子ちゃんが見つかったし」

睦子も固まる。言うなあ……、光くん。でもちょっとそれは言いすぎじゃ……。これ、あいつがキレるパターンだよ。

睦子は大吾を見る。案の定、大吾の肩がプルプル震えていた。キッと顔を上げて叫ぶ。

「そうかよ、わかったよ！」

そして背中を向けて向こうに行ってしまう。睦子はおろおろする。ほら。大吾は追いつめられるとこうなっちゃうの。だから、あいつと話す時はもう少し言葉を選ばなきゃ……。

おろおろしたまま光を見た。光は唇を結んで、大股に歩いていく大吾の背中を見ている。

「お……、怒って行っちゃったよ？　いいの？　光くん」

睦子が言ったら光が答えた。「いいんだよ。怒らせたんだから」

「え？」

真剣な目をしていた。

「これで心折れるくらいなら、やらない方がいいんだよ」

もう見えないのに、光は大吾の去っていった方向に目をやり続けていた。

睦子は思う。

――あたしは心配していただけ。あいつを怒らせないよう、傷つけないようにしていただけ。

だけど光くんは違うんだ。

――光くんは、本気であいつと、バッテリーを組みたいんだ。

自分の甘さに胸がチクリと痛んだ。それと同時に、ちょっとだけ、妬ける気がした。


家に帰るなり大吾は叫んだ。

「かーさん！　今年の誕生日プレゼントだけど――！」

キッチンでかーさんが振り向きもせずに言う。「新しいゲームならダメよー」

「ちげーよ！　誕生日プレゼントの前借りでいいからキャッチャーミット買ってくれよ！」

「え？」

「ミットだよ！　キャッチャーミット！」

「え？　なんて大吾？　もう一回言って」

「何回言わせんだよ！　だからキャッチャーミットだって――」

濡れた手で抱きつかれた。

「きゃー！　大吾、やる気まんまんじゃない！　オッケーよ！　かーさんにまかせなさい！」

部屋に入ってキャッチングの基礎を調べた。キャッチャーの構え方、コース別のキャッチングの基本。タブレットで動画を見ながら、大吾は思い出し、考えた。

「大吾くんじゃ、ぼくの速い球は捕れないでしょ？」

――光のやつ。あんなこと言いやがって。

まばたきする時間も惜しかった。悔しかった。

――あいつの球なんか、涼しい顔で捕って、ぜってー見返してやる！

一分一秒が惜しくて、翌日も走って家に帰った。かーさんの「まかせなさい」は本気で、かーさんは四方に手を回して、まさかの一日でキャッチャーミットだけでなく、キャッチャー用の防具一式までそろえてくれた。「すげー！　一式買いそろえてくれたの？」って聞いたら、昔からの知り合いのスポーツ用品店のおじいさんに借りたんだって言っていた。

「茂野ジュニアがキャッチャーやるって聞いたら喜んで貸してくれたわ。さあ、練習よ、大吾！」

「練習はいいけど、かーさんはどうしてスポーツウェアなわけ？」

体のラインがはっきりわかるタンクトップにレギンス。大吾はちょっと引いて言う。

「その誰得な格好はなんなわけ？」

「決まってんでしょーが。愛する息子のために、ついにこの名コーチがひと肌脱いであげるのよ！」

「はあ!?　いやいやいや！　いいって。かーさんムリすんなって！」

「なめないでよ、こー見えてもおかーさん野球とソフトで十年経験あるんだからね！」

「いや、だって、かーさん速い球投げらんないだろ？」

「何言ってんの。アラフォーだと思ってなめてんじゃないわよ。その辺のおばさんとは鍛え方が違うんだから。見てなさいよ！」

そう言ってかーさんはボールを投げ、肩を痛めて一瞬で再起不能になった。

肩に湿布を張って、ものすごく気まずそうな顔をしたかーさんが戻ってきた。

「思いっきりその辺のおばさんじゃねーか……」

大吾の言葉にかーさんが目をそらしている。そっと千円札を差し出してきた。

「これで……」

一瞬だけ恥ずかしい思い出の口止め料かと思った。かーさんが苦しげに続ける。

「バッティングセンターでキャッチングの練習を……」

大吾は頬を染める。

「その手があったかー！」


百二十キロのスピードボールは、ミットをグンと押してくる感じだ。速すぎて怖い。怖いからどうしても腰が引ける。飛んでくるボールを真正面で捉えられない。

バッティングセンターのバックネットの前に座って、大吾はずっとキャッチングの練習を続けていた。最初は百十キロの球を捕ってみた。案外捕れた気がしたから百二十キロに挑戦してみたら途端にこれだ。二球に一球はミットの端に当たってしまったり捕りこぼしたりしてしまう。なかなかうまくキャッチできない。

次の球。とにかくボールを落としたくなくて、ミットを思い切り開いて面積を広くしてキャッチしてみた。とりあえず捕れたけど、ものすごく手が痛い。ビリビリする。こんなんじゃ何球も続けてキャッチするなんてとても無理だ。

痛みをこらえてしかめっつらをしていたら、ネットの向こうから声が聞こえた。

「ハハハ。ポケットで捕ってないから痛いんだよ」

落ち着いた男性の声だ。振り返って確認してみて大吾は思う。

——ウゼー。野次馬かよ。バッティングセンターでキャッチャーの練習してるのがそんなに珍しいかよ……。

男性は背が高くてサングラスをしていた。光と同じようなサラサラの黒髪を額に垂らしている。大吾はマスクの中で顔をゆがめ、やれやれと思う。

さっきも似たような人がいたのだ。バッティングセンターなんだから、みんな球を打ちに来ているわけで、捕りに来ているのが珍しいのはまあわかる。わかるから、見られるのはしかたないにしても口を出されるのは別の話だ。コーチ気取りの野球好きのおっさんにあれこれ言われるのは正直ウザいのだ。今はとにかくキャッチの経験を積みたいのに。

次は外角高めの速球だ。キャッチしたミットがボールの勢いに押されて左肩の上まで大きく流される。

「ミットが流されすぎだね。それじゃ、ピッチャーは気分良くないぞ」

また言われた。ウザい。どっか行ってほしい。てか、どっか行け。

「怖がって手だけで捕りにいくからそうなるのさ。ちゃんと下半身も使って、体の正面で捕るようにしてごらん」

だからウゼーっての。おじさんの助言に気を取られていたらまた捕り損ねた。ミットに当たって胸の前にボールが落ちる。

「ほらぁ、手だけで行くから、自分のミットがブラインドになって最後まできっちりボールを目で追えてないんだ」

わかってるよ。わかってるけど怖ーんだよ。

男性が静かに続けた。「君はまず、ミットをガチガチに構えすぎなんだよ。ミットはピッチャーのために構えるけど、ピッチャーが投げた後は一度下げた方が力が抜けるんだ」

——え？

言われてみて気がついた。ボールが速くて怖いから、身を守るつもりでミットを盾みたいに固定して構えていた。

「ボールが速いからそうなりがちだけど、基本はキャッチボールと同じ感覚でいいんだよ」

——キャッチボールと同じ？　こんな速球なのに？

ためしに力を抜いてみた。手首を柔らかく使って、自分が捕りやすいようにボールの正面に体を回して、飛んできた球にミットを合わせるようにしてキャッチする。

スパァン。

今まで聞いたことのない音がした。痛みがない。心地よい軽い刺激だけが手のひらに残っている。あんまりあっけなかったから、本当に捕れたのかわからなくてミットを返してみた。ミットのポケットにしっかりとボールが収まっている。

――ハ……、ハハ。捕れてるよ。ちゃんと捕れてる。しかも、すげえ楽だった。すげえ楽に捕れた――！

　思わずマスクを外して腰を起こした。大吾はアドバイスをくれた男性を振り返る。男性はもう立ち去ろうとしていた。慌てて追いかけて声をかける。

「お……、おじさん！　あの、ありがとうございました！」

　男性が立ち止まった。サングラスの目でこっちを見ている。

「あの……、どこで野球やってたのか知りませんけど、すげー参考になりました。本当、ありがとうございました！」

　男性がサングラスを手に取った。顔が見える。大吾は固まる。うそだろ。マジかよ。

　男性が言った。「そりゃよかった。メジャーリーグまで野球やったのが少しは役に立ったよ」

　叫んだつもりが、半分は声にならなかった。「さ……！　佐藤、と……、と、寿也ぁあ？」

　メジャーで大活躍し、昨年引退したばかりの佐藤寿也だ。光のお父さんだ。なんでメジャーリーガーがこんなところにいるんだ。なんでそんな人がおれのキャッチング練習を見てるんだ。なんだこれ。なんなんだよ、コレ⁉

混乱する大吾に、佐藤寿也が当たり前のことを言うみたいに言った。

「今日は仕事で時間がないから帰るけど、明日また来るよ。ああ、君のコーチは君のおとさんに頼まれたことだから、気にしないで」

「え？　コーチ？　おれのコーチ？」

「ああ。じゃあまた明日」

「いやちょっと待って！　おとさんが⁉　そんで、佐藤寿也がおれのコーチ⁉　うそ⁉」

大吾は天に向かって叫ぶ。

「何がどーなってんだよぉお！」


光くんのマンションの前の駐車場が練習場みたいになってきた。光くんのボールを捕るのにもずいぶん慣れた気がする。こうやって光くんの顔を見るだけで、次にどんな球を投げようとしているのかだいたいわかるくらいだ。

光にボールを戻しながら睦子は声をあげた。

「ナイスボール！」

練習もこれでもう数日目だ。ピッチングの練習なのに、まるでキャッチボールでもしているみたいに光が話しかけてくる。

「そーいや睦子ちゃん、ドルフィンズに入る話、親にしたの？」

「え……、あ、……うん」

「どーだった？」

光の球をキャッチする。気持ちいい音。

「んー。それが、ダメだって」

「え？」

言葉は驚いているのに、光の顔はあんまり変わらなかった。睦子はそういうのを見逃さない。

「んー。あのね、受験もあるし、六年生の今の時期からそんなちょっとだけやって何になるんだって言われた。道具にお金もかかるしダメだって」

投げ返したボールを光が受け止める。「そう」「『そう』って……。何その薄いリアクション。あたしには興味ないってバレバレなんですけど」

「え……？」

「わかってるよ。光くん、ほんとは茂野くんに捕ってもらいたいんでしょ？　こないだ突き放した茂野くんが、ちゃんとやってるか気が気じゃないんでしょ？」

光の心の中をズバリ言ってやった。ていうか、結構最初の頃から睦子は光の本心に気づいていた。光と大吾、二人のやりとりにちょっと妬けた時点でなんとなくわかっていたんだと思う。ああ、これ、わたしの付け入る隙なんてないやって。この二人、隠してるけどめちゃくちゃお互いを意識してるって。

光が次の球を投げてくる。「ハハ……、そ、そんなことないよ」

ボールが睦子の前でワンバウンドする。失投だ。ズバリ言ってやった途端にこれだ。ホント、男子って単純でわかりやすい。何かを好きになったら、それ以外ぜんぜん見えなくなる。

睦子は自分の気持ちに整理をつける意味でも大きな声を出す。

「わかりやすっ！」

4

「ほら。またミットが下がってる。それじゃ、際どい球は審判がストライクとってくれないぞ」

佐藤さんは本当にまたバッティングセンターにやって来てくれた。バックネット前に腰を落としてキャッチングの練習をする大吾に、基礎から応用、それにちょっとした裏技みたいなものまで余すところなく教えてくれる。大吾はまだ、頭のどこかで夢なんじゃないか、もしくは何かのドッキリなんじゃないかと疑っているけど、触ったら確かにそこにいるし、どうやらこれは現実のようだ。

「捕球したら絶対にミットは動かさない。フレーミング（※捕球技術）の基本だよ」

「は、はい！」

「よし、じゃあ次だ」

さっきの球はアウトハイに飛んできたけど、今度はインローだ。大吾は体から遠いボールに手を伸ばしてすくい上げようとする。途端に佐藤さんの声が飛んできた。

「ダメダメ。インローをすくうように捕るんじゃない。ワンバン以外は常にひじは外！　手首を返すな。横着して体をコースに入れないからそうなるんだ。もう一度」

今度は腕じゃなく体で捕りに行ってみた。なるほど。大変ではあるけど、これなら安定してしっかり捕れる。教わったことをちゃんとやれば、佐藤さんはちゃんとほめてくれる。

「そうそう。いいね」

今度は跳び上がらなきゃ捕れないほど高い球が飛んできた。大吾は腕と体を目一杯伸ばす。

「反応が遅い！　腰を落としすぎだ！」

次はまさかのワンバン。捕り損ねる。百二十キロのワンバンとか恐怖でしかない。

「そらすな！　体で止めにいけ！」

佐藤さんのコーチ。確かにすごい。的確でみるみる実力が上がっていくのが自分でもわかる。わかるけど、きっつい。

「あのー……、佐藤さん。さっきからあのマシン、故障してないっスか？　ろくにストライク来ないんですけど……」

あっさり言われた。「そりゃそうだよ。バッティングセンターの人に、あえて捕りにくい荒れ球に調整してもらったんだから」

「…………」

何ゲームやったのかわからないけど、たぶん百球は下らないと思う。大吾はぐったりしてベンチに体をあずけた。なんだか全身がふわふわする。ふわふわするのに、手と足はプルプルしている。

「はい。ドリンク」

佐藤さんがスポーツドリンクを手渡してくれた。「あ……。すみません。いただきます」

「どーぞ」

ペットボトルを受け取ったらそのまま落としそうになった。うまく手に力が入らない。

「疲れただろう？　手が震えてるよ。まあ、ふだん使ってない筋肉だろうし、足腰も含めて、結構キャッチャーって疲れるからね」

「はあ……」

「今日はこのくらいにしておこうか」

こんなに疲れているのに、ぜんぜん反対の言葉が口から飛び出した。

「いや、まだやれます！　やっとバチッとポイントで捕る感覚が楽しくなってきたし……。まだやりたいです！」

そう言ったら佐藤さんの目が急にキラキラ輝き出した。

「そうなんだよ、わかるか大吾くん！　だろ!?　バチッといいフレーミングで捕ったらすごく気持ちいいだろ、キャッチャーって！」

すごい勢いでちょっとびっくりした。「は……、はい！」

まだ目を輝かせてる。野球を知ったばかりの、何もかもが新鮮で楽しかった頃の大吾みたいだ。

「キャッチャーはさ、地味だとか、危ない、痛い、暑いの三重苦の割にむくわれないとか言われて不人気なポジションだけど、やってみるとほんとに気持ちいいことがたくさんあるんだ。キャッチャーでしか味わえない、ほんとにたくさんの魅力があるんだよ！」

佐藤さんの顔が光みたいに見えた。「楽しい」「うれしい」を隠さない顔。心の底から楽しんでいる顔。

「だからぼくは、君のおとさんから話を聞いてふたつ返事でコーチを引き受けたんだ。若いのに、今からキャッチャー目指す君にうれしくなってね」

「え……、あ、はあ……」

そんな立派なものじゃない。大吾は言いよどむ。

「でも……、そういうふうになったのも光くんのせいっていうか、光くんのおかげで……」

佐藤さんが笑みを引っ込めた。真面目な顔になって言う。

「ああ……、それも聞いたよ。光の球を捕りたいんだって？」

はっきり答える。「ええ」

「…………」

佐藤さんに聞いてみたいことがあった。いい機会だと思って大吾はたずねる。

「あの……、そのことでちょっと気になってたんですけど……、佐藤さんは、光くんにコーチしてあげてるんですか？」

少し間があった。なんだか間がもたなくて、大吾は言葉を続ける。

「いや……、光からそんな話、あんまり聞いたことなくて……。おれとか、近所の友達の女の子にキャッチャーやってもらってるから、なんか不思議だなって思って……。だって、元プロのお父さんに相手してもらえば、おれらよりぜんぜんいいはずなのに……」

佐藤さんの口がゆっくりと開いた。言葉を選んでいるみたいだった。

「そうか……。そりゃあ、確かにそう思うよね」

予想に反して佐藤さんの声は重かった。打ち明ける口調になって言う。

「実は……、親の勝手な事情でね。ぼくは光ともう何年もキャッチボールもしてないんだ」

「え……？」

「五年前に——、ぼくは妻と離婚してね。光は母方に引き取られた。ぼくはもう、ずっと光とは暮らしてないんだ」

そこまで話を聞いた時だ。大吾は目を疑った。バッティングセンターの入り口に、まさかの姿が見えたからだ。二人歩いてくる。話している声が聞こえてきた。

「へー、これがバッティングセンターかぁ。あたし初めて来たぁ」

佐倉の声だ。それに答えるもうひとつの声。

「ぼくも日本のバッティングセンターは初めてだよ」

大吾は思わず立ち上がった。

――光!?

佐藤さんも同時に気がついたようだ。いつの間にか、大吾と同じように立ち上がって光を見ていた。その口が呟く。

「光……？」

光がこちらを向いた。

「パパ……？」

大吾にも目を向ける。「それに大吾くんも……。なんで……？」

佐藤さんが光に近づいた。

「元気そうだな、光……。アメリカで最後に会って、何か月ぶりだったかな」

「パパ……。なんでこんなところにいるの……？」

「うん。大吾くんのお父さんに頼まれてね。彼のコーチをしてるんだ」

「コーチ……？」

大吾は二人を並び見て思う。よく似てる。

少しだけ無言の時間が続いた。佐藤さんが言葉を探すようにして言う。

「おまえ……、日本に来て野球チームに入ったんだって？　驚いたよ。あんなに野球に興味がなかったのに、急に——」

「あ、うん。試しにちょっとやってみようと思って……。ママにはだいぶ嫌な顔されたけど……」

「そうか……」

うつむきがちな二人を見ていたら、なんだかいたたまれなくなってきた。大吾は思わず大きな声を出す。

「だったらさ、ちょ……、ちょうどいーじゃん！　おれ一人お父さんに教わるのはおかしいし、二人いっしょにコーチしてもらおうぜ！」

大吾は努めて明るくそう言った。「ねえ、佐藤さん！」

佐藤さんが曖昧に答える。「ん……、あ、ああ……。光がいいなら……」

「いいよ。それはできない」

光がそう言った。大吾と佐藤さんに背中を向ける。

「ごめん、睦子ちゃん。ぼく、先に帰るよ」

そのまま光はバッティングセンターから出ていこうとする。慌てて追いかけて大吾は光を呼び止めた。

「光！　なんでだよ⁉　それならおれが外れるよ！」

自転車を押したまま、光は振り返ろうとしなかった。光の背中に大吾は言う。

「おまえ――、ずっと父親とキャッチボールしてないんだろ⁉　おれはいいから、おまえ、親父に野球教われよ！」

叫ぶようにそう言ったら、光がほんの少しだけ振り返った。

「いいんだよ、大吾くん。ぼくのことは気にしないで、パパと思う存分キャッチャーの練習がんばってよ」

そう言われた。光が自転車に乗る。

「今度のチーム練習で、ぼくの球捕ってもらうからね」

それだけ言い残して光は自転車で向こうに行ってしまった。取り残された大吾は妙な気持ちになっていた。ずっと会っていないという光と佐藤さんを少しでも近づけたい、そう思って光を呼び止めたのに、光の残した言葉が頭の中に響いて止まらない。

——ぼくの球捕ってもらうからね。

なんでもない言葉。こんななんでもない言葉が、これほど胸を熱くさせるなんて。

大吾は小さくこぶしを握り締めて呟く。光には聞こえないだろう。だけどそれでいい。

自分の気持ちのために呟いた。

「ああ。次の練習でな」


土曜日。大吾はドルフィンズの練習場に意気揚々と向かった。こんな気分で練習に行くのなんか初めてかもしれない。だって今日は、初めて光の球を捕れるのだ。このためにキャッチャーの練習を続けてきた。佐藤さんのコーチを受けて、今はもうキャッチングに関してはかなりの自信を手に入れた。きっと光はびっくりするはずだ。目を輝かせてきっと言うはずだ。「驚いたよ。大吾くん」って。

だから信じられなかった。田代監督が言った言葉の意味がほとんど理解できない。

「あー、みんな、ちょっと聞いてくれ。さっき、佐藤のお母さんから連絡があった」

田代監督はみんなを呼び寄せてこう言った。大吾の胸がドクンと脈打つ。胸騒ぎがした。

「佐藤は群馬に引っ越すことになったから、ドルフィンズはやめるそうだ」

頭が真っ白になった。何も考えられない。

「残念だがしかたない。みんなによろしく伝えてほしいと……」

ドクンと心臓が跳ねた。真っ白の頭の中に自分の声がぐわんぐわんと響く。

――うそだ。光が引っ越してドルフィンズをやめる……!?

叫びたかった。

――うそだ……!

13

5

廊下を走っちゃいけません。

そんなの知ってるし、それが危ないからだってわかっているけど、睦子は気がついたら廊下を走っていた。大吾の背中を追いかける。

「茂野くん！」

大吾が振り返った。光のない目をしている。何も言わない。

「ねえ、光くん転校したんだって!? 今朝、光くんが登校班にいなかったから友達に聞いたら、金曜が最後で引っ越したって……。あたし、なんにも聞いてなかったからもうびっくりしちゃって……。茂野くんには本人から何かあった？」

「ねーよ。おれも土曜の練習で知ったし」

「え……。そ、そうなの？」

何それ。睦子は怒る。二人を見てきたからわかっているつもりだ。あたしに何もないのはこの際構わない。だって光くんの目は、あたしじゃなくて大吾くんを向いていたから。

だけど、大吾くんに何もないのは許せない。だって光くんと大吾くんは、あたしにはない、すごく強い、大切な何かでつながっているはずなんだから。あたしが嫉妬したのは、二人のそこなんだから。

プンスカ怒る。「ちょっと、それあんまりじゃない!? 短い間だったけどあたしたち仲良くしてたのに……! それに何より、茂野くんにひと言もないなんてひどいよ!」

「あーもーいいよ。家の事情で急なことだったんだろ」

睦子の怒りは治まらない。「でも……、金曜にはわかってたはずだし、ひと言くらい」

「もういいっつってんだろ」

大きな声じゃないのに鋭い声だった。その声は睦子の胸に刺さる。

「どーでもいいよ、終わった人のことは。あいつの話はもうしないでくれる?」

睦子は思う。

輝いていた茂野くんの目が――

また死んじゃった。

「あれ？　大吾。あんた、今日はバッティングセンター行かないの？」

リビングでソファに体を投げ出してゲームをしていたら、買い物から帰ってきたかーさんに言われた。

「平日は毎日、寿くんのコーチ受けるんじゃなかったっけ？」

大吾は曖昧に返事する。「あー」

「電話して断ったよ。おれ、ライトだし。キャッチャーなんか目指しても、もう意味ねーから」

「え……。あ……、そうなの……」

いつもなら「さぼってんじゃないわよ！」と一喝されるはずなのに、かーさんの歯切れが妙に悪くて、大吾はリビングにいづらくなった。立ち上がって自分の部屋に向かう。光が急にいなくなったことをかーさんも知ってる。ようやく火がついて、これからだと思ったのに、それが火種ごと凍りついたことを知っている。だから責めてこない。その気遣いがつらい。

ベッドの上で、何も考えず、何も見ずにゲーム機の画面を眺める。何かピコピコ動いているけどそれだけだ。大吾の心はピクリとも動かなかった。目を開けているのに何も見えない。

玄関のインターホンの音がかすかに聞こえた気がした。それからダダダと階段を駆け上がる音がして、ドアの向こうからかーさんが大吾を呼ぶ。

「大吾ぉ！　ちょっとあんた出てきなさい！　寿くんが、あ、いや、佐藤さんが来てくれたわよ！」

会いたくない。だから大吾は拒否する。「会いたくない」

「会いたくないって、わざわざ来てくださったのよ!?」

「だから、会いたくないんだって」

だって、会ったって何も変わらない。光は帰ってこないんだ。あいつは何も言わずにいなくなってしまった。おれに「ぼくの球を捕ってくれ」って言ったのに……。おれに、夢だけ与えて、それで勝手にいなくなるなんて——。

布団に頭をうずめた。

あんなやつ——。

「入るよ。大吾くん」

その言葉といっしょにドアが開けられた。大吾はガバリと顔を上げる。佐藤さんが立っていた。その後ろに困惑顔のかーさんもいる。

「な……、何？　おれ、会いたくないって言ったんですけど」

途端に胸がぎゅっとなった。

「…………」

「キャッチャーの練習ならもうしませんよ。光がいないんじゃ、やったって意味ないし……」

佐藤さんが胸のポケットに手を入れた。何かを取り出して言う。

「別に練習を強要しに来たんじゃないよ。君にこれを渡しに来たんだ」

白い封筒だった。大吾は封筒の裏書きに目をやる。

——パパへ。このまま大吾くんに渡してください。

そう書いてあった。

「今日、家に届いたんだ。光から君宛ての手紙だ」

佐藤さんが手紙を大吾に手渡す。受け取る手が震えた。

「ぼくはこれで帰るよ。じゃあね、大吾くん」

部屋で一人きり。大吾は手紙を読んだ。

大吾くんへ

突然いなくなって、こんな手紙でお別れのあいさつになっちゃってごめんなさい。

ぼくが群馬に引っ越したと聞いて、さぞびっくりしたと思います。

誰より、たぶん、ぼく自身が一番驚きました。

群馬はお母さんの故郷で、おばあちゃんの体の具合が良くないので、こっちでいっしょに住むことにしたそうです。

先週の木曜日に、ぼくはそれを知らされました。お母さんは、転校することがわかると、ぼくがぐずるんじゃないかと思って、ギリギリまで秘密にしていたかったみたいです。

せっかく仲良くなったクラスメートや佐倉さん。そして何より、一番仲良くしてくれた大吾くんとお別れしなきゃならないのがとてもつらかった。

金曜日にぼくの口から伝えてお別れしなきゃいけないのはわかってた。

でも、つらくて、気持ちの整理もできなくて、言えなかった。お別れをしたかったのに、どうしても声をかけることができなかった。

ごめんね、大吾くん。

ありがとう。

大吾くんのおかげで、ぼくも少しずつ野球が好きになりました。

気持ちが落ち着いたら、こっちでもまた野球をやりたいと思っています。

ぼくの球を大吾くんに捕ってもらうことは叶わなかったけど、野球をやってれば、またきっとグラウンドで会えると思うから。

そして叶うなら――

いつか必ず、二人で最強のバッテリーを組もう。

大吾は顔を上げた。そのままベッドを降り、部屋を飛び出す。

泣いてなんかいられなかった。あいつが待ってる。あいつとバッテリーを組むんだ。だからやらなきゃ。いや違う。やらなきゃじゃない。や、や、やりたいんだ。

おれは野球がやりたい。

あいつと最強のバッテリーを組みたい。

だから――。

腹の底から叫んだ。今日一日だって無駄になんかしてたまるか。

「かーさん、電話電話！　練習すっからおじさんすぐ呼び戻して！」

第3章

1

「オッケー！　ナイスフレーミング！」

バッティングセンターに響く佐藤さんの声がうれしい。大吾はニヤニヤする。

「だいぶ良くなったよ。百三十キロももう怖くないだろ？」

ドヤ顔で答える。「ええ。なんてゆーか、この前まで百二十でビビってたのがバカみたいっス。もう防具なんて飾りですよ、飾り。フフ……」

「そうだね。球速は慣れだからね。じゃあ次は百五十キロ行ってみようか」

「え」

「大丈夫。ものは試しだよ」

「え……、いやその」

大吾は顔中を使って、「調子乗りました。すんません」を表現する。百五十キロとかそれもう弾丸だろ。当たったら死ぬだろ。

佐藤さんが笑っている。

「ハハハ。冗談だよ。少年野球でそこまでは必要ないよ。まあ、バッティングセンターでの練習はこれくらいでいいかな。お金もかかるしね」

心の底からほっとする。死なずに済んだ。

「そろそろ、他の練習もしたいね。大吾くん、家は大丈夫かい？」

「あ、はい。全然」

佐藤さんの運転する車で広い場所に向かうことになった。その車中で佐藤さんといろいろ話した。

「おれ……、この前光の手紙読んで……、もちろんキャッチャーがやりたいんですけど、今度の大会はライトで出ることになってるんですよ」

「え……、ああ、そうなんだ」

「……別に、フライとか捕るのは大丈夫なんですけど……、おれ、送球が苦手なんです」

「スローイング？」

「ええ。……キャッチャーにも関係ある問題なんスけど……。おれ、肩が弱くて」

「………」

「遠投、五十メートルもいかないんです。あの、茂野吾郎の息子なのに……」

「………」

「笑っちゃうでしょ？　すみません……、今さらこんなこと言って……。おれ、ぜんぜん才能ないんです」

佐藤さんは前を見ている。ゆっくりと口を開いた。

「……そうか。まあ、見てみないとわからないけど、ライトなら、とりあえず返球の練習はしたほうがいいだろうね」

「……は、はい」

「ただね」

「……はい？」

「大吾くん。ひとつだけ注意しておくよ。今後二度と、才能がないとか自分で言うな」

「……？」

思いのほか真剣な目をしていた。まるで怒っているみたいだ。

「そんなこと言うのは十年早いよ」

「逃げるな」って言われたみたいに聞こえた。

大吾は佐藤さんの横顔をじっと見つめる。

なんだか胸のすく思いがした。心が洗われたような気がした。

「はい――！」


河川敷に佐藤さんと降り立った。大きく距離をあけて向かい合う。佐藤さんが声を張り上げた。

「よし。ここで五十メートルくらいかな。このくらいの距離でいいだろ。じゃあ、そろそろ君の肩を見せてもらおうか」

大吾の胸がドクンと脈打つ。緊張する。

「ライトからのバックホームと思って投げてごらん」

「は……、はい」

大吾は手の中のボールを見つめる。そして右肩を意識する。今まで何度も、こいつに嫌な思いをさせられた。思うように動かない右肩。全力で振りかぶって投げても弓なりに飛んでいくボール。大吾の一番のコンプレックス。

――届くかな……。

肩を入れて思い切り投げた。青い空に白いボールが半円を描いていく。佐藤さんが一、二歩下がって大吾のボールを受け止めた。明るく言う。

「なんだ。ちゃんと届くじゃないか」

大吾は照れる。「いや……、ハハ、なんとか」

「でも、今のじゃランナーは還ってきちゃうけどね」

「あ……、ハハ」

まだ一球しか投げていないのに、佐藤さんが大吾に近づいてきた。大吾はきょとんとする。

「あれ……？　もういいんですか？」

「ああ。一球見れば十分だよ。それに、今みたいな遠投は少年の肩にはよくないし、必要もない。君たちは、基本的にダイヤモンドの対角に当たる、三十二メートルを投げられればそれでいいんだ」

「え⁉」

意外な言葉だった。だってライトからホームまで鋭い球を返せなきゃランナーが還ってしまう。点を取られてしまう。そしたらチームが負けてしまう。それができなくて、みんなにガッカリされるのが嫌で大吾は野球をやめたのだ。なのに、三十二メートル……？

佐藤さんが笑っている。

「もしかして、大吾くんは肩が弱いのをずっと悩んでたのかい？」

「は……、はい。そりゃあ……」

「ハハハ。そんなもの、悩みでもなけりゃハンデでもないよ。スローイングは工夫と練習で誰だって克服できるし、強肩に見せることだってできるんだ」

まばたきを忘れる。佐藤さん、今なんて言ったんだ？　誰だって克服できる？　うそだろ……？　肩が弱いのを、なんとかできるって言ったのか。

「もちろん、君のパパみたいなバケモノもいるけど、そんなのはひと握りさ。ぼくだって、子どもの頃から強肩だったわけじゃない。それに、肩だけなら、プロになってもぼくよりすごい選手はいっぱいいたよ」

この佐藤寿也ですら、はじめから肩が強かったわけじゃなかった――？

もしかして……、それならもしかして、おれだって……。

「ほ……、ほんとに……？」

「ああ」

胸がカアッと熱くなった。佐藤さんがうなずいてくれた。肩の弱さは克服できるって言ってくれた。

「ただし、もちろん一週間や一か月でレーザービームとかって虫のいい話じゃないぞ。あくまでこれからの君の情熱と、日々の積み重ね次第だ」

望むところだ。できないと思っていたからへこんでいたのだ。やればできるならなんだってやる。練習すればできるならいくらだって練習する。

「やれるかい？」

迷いなく答えた。

「はい！　やります！　がんばります！」

腰を折って頭を下げた。

「おれに、教えてください！」

2

茂野家の庭扉をくぐるのにも慣れてきた。睦子は普通に入っていく。

「おじゃましまーす」

練習用のネットの向こうに大吾と佐藤さんを見つけた。大吾が顔を歪めて、「げ！」とか言ってる。「佐倉じゃねーか！　来るなって言ったろ！　おれは佐藤さんの個人レッスンで忙しいんだよ！」

ニヤニヤしながら近づく。佐藤さんに「どーも」とあいさつして、それから大吾に言う。

「えー、いいじゃん。あたしもメジェイリーガーのレッスン受けてみたーい」

「いやメジャーだし！　てゆーかおまえそれ、ドルフィンズのユニフォームじゃねーか！」

「そーだよ。似合うでしょ」

「なんでおまえがユニフォーム着てんだよ⁉」

「へへへ。実はあたしもドルフィンズ入ったんだ」

「はあ⁉　いつの間に？」

「先週。だから今週から練習にも参加するよ」

「いや、だっておまえ、親にドルフィンズ入るのダメって言われたって聞いたぞ⁉」

「大丈夫。受験勉強ちゃんとするし、野球の道具はお兄ちゃんの借りるって説得したから」

「でも……、六年の今ごろになって今さらって言われてたんだろ？」

睦子は言葉に詰まる。大吾から目をそらしてボソボソ言った。

「そこはほら、あたしの巧みなネゴシエートで……」

そうなのだ。両親の説得のネックになったのはここだった。ママに「なんで今さらそんなに野球やりたがるの？」って言われて答えられずにいたら、ママの方が何かを察したように言ったのだ。

「もしかして、好きな男の子でもできたの？」

その質問に睦子がビクッと反応したら、急にママの攻勢が弱まった。「ま、そーゆーことならしょーがないか」って言われた。「パパがいいって言ったらいいわよ」

それで、パパに思い切りごまをすりまくって、ようやく「ドルフィンズ入団」の許可をゲットしたのだ。

「でもおまえ――、大会まであと二週間しかねーんだぞ!? こんな時期にチームに入るとかわけわかんねーし！」

大吾が結構な勢いで言ってきた。まあ、タイミングがタイミングだし睦子もそれは理解できる。ていうか、大会とか、睦子にとってそれはさほど重要じゃない。どっちかというと、大吾がいるチームでみんなでワイワイ楽しくしたいだけなのだ。でも、今大吾が口に出したセリフは結構ひどかったから、この際大いに利用してやろうと思う。目の端にじんわり涙をためて、大げさに両手で顔を覆ってみた。

「大吾くん、ひどいよ……」

やってみたら見るからに大吾が慌て出した。睦子は意識して声を震わせる。

「あたし……、ただ純粋に野球がしたいだけなのに……」

「わかった！　わかったから泣くな佐倉！　おれが悪かったよ！」

睦子は思う。ちょろい。パッと顔を上げて、佐藤さんにとびっきりの笑顔を見せて言う。

「やった！　じゃあ、あたしにもコーチお願いします！　佐藤さん」

大吾が引いている。「佐倉おまえ……、今のうそ泣きかよ!?」


バットって、持ってみるとそれほど重くないけど、振ってみると意外に重い。体が引っ張られる感じ。佐藤さんがトスバッティングのトサーを務めてくれる。一球ごとにアドバイスもくれる。

「うんそう、脇をしめて。背筋伸ばして。それで振ってごらん」

スイングする。うん。体の軸が安定して、さっきよりは振り回される感じが減った。

「おっ。いいね、佐倉さん。女の子で最初からそれだけ振れる子はなかなかいないよ」

すごくうれしい。自然とニヤニヤしてしまう。

「じゃあ、軽くトスするから打ってみて」

「はい」

佐藤さんが放ってくれたボールをじっと見て、思い切り振ってみた。何の感触もなく空振りする。「あれ？」

「ハハ。ちょっと力みすぎだよ。軟球は合わせれば腕力なくても飛ぶから、ミートを心がけてごらん」

「はい」

大吾が笑っているのが目の端に見えた。気にせず、佐藤さんのアドバイスを実行する。

力抜いて――、バットの芯を意識して――。

ボールをよく見て、その芯を――。

スイングする。

――打ち抜く！

そしたら当たった。ほとんど抵抗もなく、気持ちいい音がしてボールが前方のネットに突き刺さる。うん。いい感じ。今の感じね。なるほどなるほど。

次の球も同じ感じで打ってみた。簡単にミートできる。なるほど。力を抜いて当てることだけ意識すれば、結構簡単に打ち返せる。ていうか、空振りとかする気がしない。いくらでも打ち続けられそう。

何球かいい感じの当たりをくり返していたら、佐藤さんが言ってくれた。

「いーねえ！　すごいじゃない！　とても初心者とは思えないよ」

「わ。ほんとですかぁ」

軽い感じで打っていたのに思いのほかほめられた。

「じゃあそろそろ交代だ。次は大吾くん、やってみようか」

睦子はほかほかした気持ちのまま大吾とすれ違う。すれ違う時に見てみたら、大吾のやつすごい顔をしていた。ボソッと呟いていた。「佐倉……、おまえマジかよ……」って。

ネットの向こうから大吾のスイングを見る。睦子の表情はみるみる変わっていく。

ビッ。

ベコッ。

カスッ。

ヘコッ。

ぜんぜんいい音が聞こえてこない。ぜんぜんボールをミートしない。何球目だろう。たぶん二十球くらいスイングした時に、ようやく睦子のスイングと同じような快音が聞こえた。睦子はホッとする。たぶん大吾もホッとしていると思う。

佐藤さんが立ち上がった。

「オッケー。わかった」

佐藤さんに何を言われるのか大吾がドキドキしているのが、ここから見ていてもわかった。

「いいね！」

「え？　いいの⁉」

睦子は口の中で小さく突っ込んだ。声に出さなかっただけエライと思う。

「いいよ。今以上にひどくなることはない。あとは成長するだけだ、大吾くん！」

大吾が思い切りコケた。睦子も空笑いする。

佐藤さんがバンバン大吾の背中を叩いている。

「いいよ。教えがいがあるよ、大吾くん！」

3

「ごちそうさま……」

何を食べても味がしない。テーブルにはひと口、ふた口食べただけのカレーの皿がそのまま残っていた。心配そうなママの視線に気づいてはいたけど、光は立ち上がって自分の部屋に向かった。あの日からまるで時間が止まったようだ。

暗い部屋でベッドに横になっていたらいろいろ思い出した。なぜかわからないけど昔のこと、パパとママがいっしょに暮らさないという結論を出した頃のことを思い出した。まだ五歳だったから光には断片的な記憶しかない。ただ、ひどく空しかったことを覚えている。いつもそこにあるはずの何かがぽっかり抜け落ちてしまった感じ。あの時のママの顔。

そしてパパの顔――。

「ねえ、ママ。もうぼく、パパとは時々しか会えないの？」

「……そうよ。ごめんね、光。でもね、光にとって、それが一番いいってパパと話し合って決めたの」

「そう……」

「…………」

「ねえママ。ぼくの名前」

「……え？」

「ぼくの名前、今の佐藤光のままでも、坂口光でも、どっちでもいいって言ってたよね」

「あ、うん……。そうね」

「じゃあぼく、佐藤光のままでもいいかな」

「…………」

「だって、パパだけ一人ぼっちなんだよ……？　そんなのかわいそうだよ。だからぼく、名前だけでもパパの印を残してあげたいんだ」

「…………」

「ぼくもそれで、パパの子だってこと、ずっと忘れずにいたいんだ」

それからずっと、ママの前ではパパの話をしないで過ごしてきた。一人でいる時、ママが時折、すごく悲しそうな顔をしていることを知っていたから。ママに心配をかけるのは自分もつらいし、きっとパパも悲しむことだと思ったから。だから光は自分の心にふたをした。誰からも見えないように気を付けた。明るく振る舞って元気でいれば、みんなを心配させることもない。みんな仲良くいられる。あの時みたいな、悲しい思いはしないで済む。

だから翌朝の朝食は残さずぜんぶ食べた。「おいしいね、このベーコン」とか口に出して言って、いつもより努めて明るく振る舞った。昨日の夜から、ママの顔が「心配」に染まっているのに気づいていたから。「ぼくは元気だよ。だから心配いらないよ」ってうそをつくためにがんばった。

「じゃあ行ってきます！」

通学路を一人歩く。いつまでもしょげてるところを見せちゃいけない。ママだって、おばあちゃんの介護や家事で忙しいんだ。みんな事情があるんだ。だから、わがまま言っちゃいけないんだ。がまんしなきゃ。みんなを困らせないようにしなきゃ。早く神奈川のことは忘れて、こっちの生活に慣れなきゃ。もっと心にふたをしなきゃ。

学校に着き、授業を受けて、放課後になって、朝来た道を戻る。気がついたら、今日一日、ほとんど誰とも話していなかった。ずっと何も考えないようにしていた。頭の中に浮かんでくる言葉をその度にかき消して、自分の本当の心に気づかないふりをしてきた。そうしないと、何か叫んで駆け出してしまいそうだったから。

路地を歩いていたら、後ろから近づいてきた車が光を追い越して路肩に止まった。運転席のドアが開いて男性が降りてくる。

その顔を見て光は驚いた。それから言う。

「パパ……」

五年前にパパとママの離婚が成立してから、月に一度しか会えなくなったパパがそこにいた。

とっさに辺りをキョロキョロ見回した。「ど……、どうしたの？　群馬までわざわざ……」

パパが近づいてくる。

「うん。ちょっとおまえと話がしたくてな」

「まずいよ。二人で勝手に会ってるとこ、ママに見つかったら……」

「大丈夫さ。ママに頼まれて会いに来たんだ」

「え……？」

「おまえが、群馬に来てからひどく元気がないってママから聞いてな」

バレてた。あんなに心にふたをしたのに、ママには光の本心が見えていた。ぼくが、ママに心配かけまいとしているってママはわかっていたから、きっと自分には相談してこないと思って、パパに連絡してくれたんだ。

パパが光の肩に手を置いた。

「そこの公園にベンチがある。そこで話そう」

パパの顔をまともに見られない。

「どうだ、こっちは？　新しい友達はできたか？」

「うん……。まだ、あんまり……」

「そうか……。こっちでは野球チームに入るつもりか？」

グッと胸が詰まる感じがした。小石を吐き出すみたいに声をしぼり出す。

「入らないよ……。もうどこのチームも夏の大会だし、今ごろまたこっちで入るなんて……」

パパ。お願いだから野球の話しないで。

「じゃあ中学からか？　大吾くんに聞いたよ。おまえからの手紙に、いつか必ずバッテリー組もうって書いてあったって」

パパ。やめて。大吾くんの話をしないで。

「……あ、あれは本気じゃないよ。勢いでそう言ってみただけだよ……」

「……え？」

「野球なんて、もうやんないよ」

パパが強い目で光を見た。叱る口調になって言う。

「おまえ……。大吾くんにうそついたのか」

光は叫ぶ。

「そうだよ！　だってそもそも、神奈川と群馬じゃ会えることなんてもうないじゃん！　いっしょに野球やるなんてほぼ無理じゃん！」

止まらなかった。

「ぼくだって、あのまま大吾くんたちと野球やってたかったよ！　せっかく野球を好きになりかけてたのに、引っ越しなんかしなければ……！」

心のふたが割れていた。いつの間にか泣いていた。

「引っ越しなんか……！」

パパの手が肩にのった。

「光……。パパがわざわざ手ぶらで来たと思うか？」

涙にぬれた目でパパを見上げる。

「おまえが、こっちの野球チームに入ってないって聞いて安心したよ。それなら大丈夫だ」

「……何が？」

「ドルフィンズの田代監督に確認してみたんだ。そうしたら、おまえは一か月前に、大会出場メンバーとして登録されたままだそうだ。まだおまえは、ドルフィンズの一員なんだよ。メンバーとして試合に出られるんだ」

頭の中に、一気にみんなの顔が浮かんだ。木村くん、卜部くん、アンディ、有吉くん、岸本くん、松原くん、それに永井くんや勝俣くん、高橋くんに円谷くん。田代監督、藤井コーチ。それに練習に付き合ってくれた佐倉さん。

そして――、大吾くん。

「ぼく……、まだドルフィンズの一員なの……？」

「ああ」

「………」

肩にのっているパパの手が熱かった。

「電車代ならパパが出してやる。今週末の試合、おまえが出たいなら、来い！」

4

全国少年野球大会神奈川予選、開幕――。

快晴だ。

「よし、スターティングラインナップを発表するぞ」

ドルフィンズのメンバー十二人が半円になって田代監督を囲んでいる。田代監督の手にはスターティングラインナップを記したメモが握られていた。大吾の喉がゴクリと鳴る。

「一番、ショート、木村」

「はい！」

最初に呼ばれた木村はいつも通りのポジションだ。野球経験も長いし、守備もバッティングも安定しているから一番は妥当なポジション。

「二番――、ライト、茂野」

「えっ？」

思わず聞き返してしまった。「に、二番!?」

田代監督は大吾を一瞥だけしてそのまま発表を続ける。

「三番、ピッチャー、卜部。四番、キャッチャー、アンディ」

やっぱり他はいつも通りだ。トクントクンと打っていた大吾の鼓動が、トクトクと速くなる。

——おれが二番？　上位打線じゃねーか……。

「五番、サード、有吉。六番、レフト、岸本。七番、ファースト、松原。八番、センター、永井。九番、セカンド、勝俣」

——二番なんて、おれに務まるのか……？

「続いて控えだ。控えは、円谷と高橋——。それに佐倉。以上だ」

いつもは二番を務めている永井が不満そうな声を出した。

「えー、監督。おれいつも二番なのに、なんで八番なんスか？」

田代監督が答えている。

「すまんな、永井。最近の調子と、相手が左投手なんで、茂野と入れ代えさせてもらった」

――最近の調子……？

大吾は思う。確かにここ数週間、佐藤さんの指導を受けながら、大吾はずっと練習を続けてきた。今までまったくできなかったことができるようになってきた。不思議なもので、できることが増えてきたら、だんだん気持ちまで変わってきた。もっとできるようになりたい、そう思って練習に臨んだら疲れ方すら変わってきた。実力が上がってきているのは自分でも感じている。だけど、みんなより自分の方が上手いとは思えないのだ。できるようになってきただけ、それだけのはずなのに――。

おずおずと田代監督に言っていた。

「あのぉ、監督……。おれ、さすがに上位打線とか……」

そしたら田代監督に言われた。

「自信を持て、大吾。ここ最近、全体的な技術も体のキレもよくなってるのは見てればわかる」

ほめられた。大好きな野球で、監督に「よくなった」と言われた。

田代監督がダグアウトの脇を指し示した。何人かそこにギャラリーが立っている。

大吾は「あ！」と声をあげる。「佐藤さん……！　来てくれたんだ！」

「あの人のコーチを受けて、ずっとトレーニングしてたんだってな。大丈夫だ。おまえなら十分二番もやれると、佐藤さんも太鼓判を押してくれた。平常心でがんばれ！」

佐藤さんが、「やれる」って言ってくれた……？　ずっとおれの練習をコーチして、ずっとおれを見てくれていた佐藤さんが……？

大吾は小さく手を握り締める。おれ、本当に上達してるんだ……！

いつの間にか、両手を強く握り締めていた。胸の奥底から熱い気持ちがこみ上げてくる。

――二番か――。一回から打てるなんて初めてだ。

もうすぐ試合が始まる。三船ドルフィンズ対谷川イーグルス。先攻はドルフィンズだ。

大吾はグラウンドを見る。広いフィールド。青い空。野球を好きな者たちが、白球を追って、走り、守り、投げ、打つ場所。ずっと立ちたかった場所。

――よーし、練習の成果を見せるだけだ！

D

「プレイボール！」

ヘルメットをかぶり、ネクストサークルでバットを握ってこのコールを聞くのは初めてだ。谷川イーグルスのピッチャーが振りかぶって投げる。左投手だ。一番打者の木村は一球目を見逃した。ストライク。でも、そんなに速い球じゃない。今まで練習で見てきた球とは比較にならない程度のなんでもない球速だ。

——このピッチャーなら、もしかしておれでも……。

ドキドキする。そんなことを考えていたら、三球目のボールを木村が三塁線に打ち返した。速いゴロになってサードの脇を抜ける。

「抜けたー！　回れーっ！」

一気に空気が熱くなった。木村が一塁を蹴って二塁に向かう。大吾は思わず身を乗り出していた。二塁に滑り込む。セーフだ！　みんなが沸いている。「いいぞ！　木村！　さっそく先制のチャンスだ！」

そして聞こえた。「頼むぞ！　大吾！」

二塁に木村が立っている。いきなりチャンスがやって来た。心臓の音が、ドキドキからドクンドクンに変わる。大吾は打席に立つ。二番打者だ。上位打線だ。期待されてるんだ。だから打ちたい。打たなきゃ……！

沸き上がるダグアウトを見られない。目の前のピッチャーだけを睨みつけていた。ピッチャーが投げる。遅い球。こんなの、バッティングセンターで何度も捕ってきた百二十キロに比べたら止まって見える。だから打てる。打てるはず。見せてやれ。おれが七光りじゃないってことを。実力でレギュラーを取ったことを、この打席で証明してやるんだ！

ガチガチに力がこもっていた。飛んできたボールをバットで引っぱたく。

「え……！」

ボールの下にバットがぶつかって白い球が高く上がった。キャッチャーがマスクを取って走り出した。大吾は顔を青く染める。うそだろ!?　まさか、キャッチャーフライ……!?

ボールはバックネットに当たって落ちてきた。大吾は胸をなでおろす。ファールだ。

「タイム！」

田代監督の声がした。駆け寄ってくる。「バカタレ！」

「え？　な……、何？」

「大吾おまえ、サイン見てなかったのか!?」

「え……、サイン……?」

「セカンドランナーを送るサイン出しただろうが!」

大吾は焦る。打ち気に走ってぜんぜん見てなかった。

「えっ!? あ、す……、すみません……!」

田代監督が戻っていく。

「ちゃんとやってくれよ!」

「あ……、はい!」

ようやく自分を見失っていることに気がついた。こんどはちゃんとダグアウトの田代監督に目をやる。監督が帽子のつばを押さえていた。

──もう一度、送りバントだ。

腰のところでバットを構えた。いろいろ考える。

──ランナーが二塁の時の送りバントは三塁手に捕らせるようにやや強めに……。

考えていたらピッチャーのボールに合わすタイミングを見失った。バントの構えをしているのにバットの上をボールが通り抜ける。

「あれ？」

まさかの空振りだ。当然転がすはずだと思って飛び出していた木村が慌てて二塁に戻る。ギリギリで間に合った。みんなの悲鳴があがる。「あぶねー！」

大吾は取り乱していた。これでツーストライクだ。もう一度バントをミスったらファールでもアウトになってしまう。そう思って監督を見たのに。

──うそだろ？　スリーバント⁉

監督は、真剣な目で大吾を見たまま帽子のつばをつまんでいた。つまり、バントを成功させろと言っているのだ。こんなに身勝手で自己中な姿を見せたのに、それでも大吾を信頼してくれている。七光りとか二世とかじゃなく、練習するおれのことを監督はちゃんと見てくれていた。おれを信頼して、二番に使ってくれてたんだ。

大きく息を吸い込んで吐き出した。頭をクリアにする。

自分のしてきたことを、──信じろ。

急に視界が広くなった気がした。まわりの音が小さく聞こえる。見えるぞ。当てられる。

ミットでボールを捕るのと同じだ。ミットがバットになっただけ――。これくらいのボールなら、おれはちゃんとさばけるはずだ。信じろ、自分を。

逃げ出すな、自分から。

キャッチと同じように体全部を使って、飛んできたボールをバットで受け止める。

手のひらに、コツンとボールの重さが伝わった。白いボールが三塁線に沿って転がっていく。

みんなの声が聞こえた。「やった！」

走りながらボールの行方を見守る。三塁線の際どいところを転がっている。駆け寄ってボールをつかもうとしたサードを相手チームのキャッチャーが制止した。「待て！　スルーだ！　ファールならアウトだ！」

サードが慌てて体を起こした。白線の上をボールが転がる。三塁ベースの角を擦ってボールは外に転がった。塁審が「フェア！」と叫ぶ。

一塁に立って大吾はみんなの声を聞いた。

「よしっ！　ナイスだ大吾！」

「あぶねー。でも、これで一塁も生きた！　ノーアウト一、三塁だ！」

——できた。おれ、ちゃんとできた……！

バッターボックスに三番の卜部が立っている。先制点の絶好のチャンスだ。大吾は多めにリードを取る。谷川イーグルスの守備陣形を見ると内野手がやや前に出てきている。明らかなバックホーム態勢だ。

——なるほど……。初回から1点もやらないって感じだな……。

いろいろ考えた。これだけ前進守備ならもう少しリードをとっておいた方がいいかな。いやでも……。

急にピッチャーがこちらを向いた。大吾はギクリとして固まる。鋭くボールが飛んできて、「え？」と思った時にはファーストにボールが戻っていた。大吾がいるのは一塁と二塁の間だ。

ドルフィンズのダグアウトから悲鳴が起こった。「げえっ！　何やってんだ大吾ぉ！」

見事に牽制球に引っかかってしまった。大吾は頭が真っ白になる。ボールをつかんだまま一塁手が駆け寄ってきた。もう行くしかない。このまま二塁に走るしかない。ていうか、何やってんだおれ。完全な凡ミスじゃねーか！

走る。セカンドにボールが戻ってUターン。また走る。心の中で泣き喚く。

——ひいいい……！　もうダメだー！

「ホームだ！」

急に聞こえた声で状況が一変した。セカンドがホームに向き直る。大吾も見た。三塁にいた木村が飛び出してホームに向かって走っている。大吾が挟まれている隙をついてホームを狙ったのだ。セカンドが慌ててホームに投げる。木村が本塁に滑り込んだ。タイミングはギリギリだ。セカンドのボールがキャッチャーの目の前でバウンドした。キャッチャーが捕り損ねる。

「セーフ！」

球審の声。同時に歓声が沸いた。「やったー！　木村、ナイスラン！　先取点だぁあ！」

大吾も見ていた。木村が先取点を取った。やった！　腕を振り上げ、叫ぶように言っていた。「ナイラン！　ナイランだ！　木村ぁ！」

「はあー!?　なんで二塁行ってないんだ大吾ぉ！」

藤井コーチの悲鳴が聞こえた。一塁ベースを踏んだまま大吾はきょとんとする。そして気づいた。そうだよ。今の木村のホームインの間におれは二塁に走ってなきゃいけなかったんだ。

ミスの連続で気持ちがへこんできた。大吾は反省して今度は少なめにリードを取る。また牽制で刺されたりしたらたまったもんじゃない。

——今度こそ慎重に……。

卜部のバットが快音を立てた。いい当たりだ。センター前に弾き返す。大吾は慌てて二塁に向かって駆け出した。センターからセカンドにいい球が返ってきた。慌てたまま滑り込む。

「アウト！」

ぼう然とする。卜部の打球はセンター前に落ちたのだ。当然、一塁ランナーは二塁に進めるはずのケースだ。なのにアウト。さっきの凡ミスで気持ちが小さくなってリードを少なめに取った。その上、雑念に囚われてスタートまで遅れてしまった。これで三連続のミスだ。三回目の「何やってんだ」だ。

うつむいたままダグアウトに戻る。一塁にいる卜部とすれ違う時に言われた。

「……センスだよ、センス。おまえは野球センスがねーんだよ」

言い返せない。

「気づけよ。今の走塁で足ぐねったとか言って、ベンチに下がってくんねーかな、コネ野くん。これ以上チームに迷惑かける前にさぁ」

そう言われた。そこまで言われたのに言葉が出てこない。ミスを連続したのは本当だから。おれがチームに迷惑をかけているのは本当だから。ムカつく。卜部がじゃない。自分がムカつく。

うなだれたままベンチに腰かけた。四番のアンディはピッチャーゴロで1―6―3のダブルプレーに終わった。スリーアウトでチェンジ。結局、一回のドルフィンズの得点は1点止まりだ。誰かに何か言われたわけでもないのに、大吾は自分で自分を追いつめていた。おれがやらかしてなければ……。うつむいたままライトの守備位置に向かう。また世界が暗くなってきた。まわりが見えなくなる感じ。自分が嫌いになっていく感じ――。

――何やってんだおれ……。何ひとついいところなんてねーじゃねーか……。

卜部の言葉がまだ頭の中に響いている。

——やっぱ、センスねーのかな、おれ……。

「茂野くーん」

うつむいている大吾に佐倉の声が聞こえた。こっちに駆けてくる。

「ああ」と思った。

——ああ。佐倉がこっちにくる。つまり、交代だ。茂野大吾はもうダメ。ここからは佐倉がライトを守るってわけか。なるほどね。そうだよな。やっぱ、そうなるよな。

佐倉の脇をすり抜けた。「オッケー。わかってる。後はまかせた」

「え？　何？」

「だから、交代だろ？　佐倉がおれに代わって——」

「は？　何言ってんの？　まだ一回なのにそんなわけないでしょ？」

「いや、だって、おれ、あんなミスいっぱいやらかしたから……」

佐倉がだまった。まっすぐに大吾の目を見て言う。

「何？　代わりたいの？　だったら代わるけど？　あたしだって試合出たいし」

「…………」

「どうなの？」

帽子を押さえて小さくうなずいた。「いや……、やるよ」

佐倉が怖い顔のままうなずき返してきた。大吾を見つめたまま言う。

「そだ。監督からの伝言を伝えに来たんだった。言うよ」

「え……。ああ」

「『ミスなんかいくらしてもいい。ただし、ミスを怖がってうつむいたプレーをしたら、すぐさま代えるぞ』――だって！」

最後は笑顔に変わって佐倉が言った。大吾は自分に喝を入れる。そうだ。こないだ決めたばっかじゃねーか。センスがないからなんだよ。そんなもん、はなからねーんだよ。センスがねーなら、やることはひとつだ。

ただボールに食らいつくだけだ――！

5

三回の裏。ピッチャーの卜部はここまでパーフェクトだ。肩の調子もいい。今日のこの調子と、この谷川イーグルスが相手なら――。

卜部は投げる。細くしまった体をしならせ、キャッチャーのアンディのミット目がけて鋭い球を投げ込む。バッターが空振りする。

――1点ありゃ十分だ！

一人目の打者を三球で三振に取った。次の打者もセカンドにゴロを打たせた。簡単なもんだ。これで、セカンドがファーストに送球してアウト二つだ。この調子でおれが活躍すりゃあ――。

そう思っていたら、セカンドの送球がそれてファーストが捕り損ねた。エラーで一塁にランナーが出る。

セカンドの勝俣が卜部に手を振っている。「わ、わりーわりー」

卜部はそれを無視する。舌うちした。

――くそっ。完全試合だったのに、やっぱこいつらじゃ無理か……。

次の球も狙い通りのコースに投げ込めた。バッターはなんとかバットに当てただけのフライになる。ショートの木村が「オーライ！」と声をあげた。これでようやくアウト二つ。

そう思ったら、今度はレフトの岸本とショートの木村がお見合いして譲り合い、結果、二人の間にボールが落ちてポテンヒットだ。田代監督と藤井コーチが頭を抱えている。

「はああー!? なんだその、オーライからの譲り合いはぁあーっ！」

卜部の心は怒りに満たされ始める。味方のエラーでワンナウト、一、二塁。同点にされかねないピンチだ。いつもこうだ。おれがどんなにいいピッチングをしても、結局こいつらが足を引っ張って負けちまう。こいつら、ぜんぜん成長してねえ。ホント腹が立つ。

怒りながら投げたら急にストライクが入らなくなった。ボールが続いてフォアボールになる。

――くそっ。こいつらのせいでおれのペースまで乱れちまった。これで満塁じゃねーか。こいつらがヘボだから、いくらおれががんばっても結局……。

キャッチャーのアンディがタイムをかけて、マウンドまでやって来た。「ドンマイ」と声をかけてくる。

「落ち着け、卜部」

「わかってるよ！　わかってっけど、バックが成長してなさすぎて頭にくんだよ！　こっちは完璧なピッチングしてきたってのによ」

アンディが静かに言った。

「おまえも、言うほど成長してないんじゃないか？」

「ああ？　なんだと!?」

「今までも味方のエラーから崩れるパターンだっただろ。またそれをくり返して負けるのか？　仲間のせいにしたってはじまらねーぜ」

「…………」

「おれたちが、なんのためにドルフィンズに入ったか思い出せよ。約束しただろ。ずっといっしょに野球やろうって」

「…………」

「頼んだぜ。とべっち」

アンディが戻っていく。卜部は冷静さを取り戻した。アンディに言われて思い出したからだ。東斗ボーイズをやめた理由を。東斗ボーイズにはあいつがいる。卜部は、他のチームに入ってあいつを倒したかった。そのために、最強の呼び声も高い東斗ボーイズを自らやめたのだ。アンディは、そんなおれについてきてくれた。

「だって、ずっといっしょに野球やろうって約束しただろ」って言ってくれた。「打倒東斗ボーイズがとべっちの夢なら、おれも三船に入るわ」って言ってくれた。

あの日から、卜部の夢は、卜部とアンディ二人の夢になった。それを叶えるため、ここで負けるわけにはいかねーんだ。

思いを込めて渾身の球を投げ込んだ。バッターが当たり損ねのフライを打ち上げる。

「ライト！」

振り返ってライトを見た。ライトには茂野大吾がいる。あのいけ好かない二世がそこに立ってフライを見上げている。この絶体絶命のピンチであんなヤツのところにボールが飛ぶなんて。よりによって、一番肩の弱いライトに、おれとアンディの夢がゆだねられちまうなんて――！

大吾はフライの落下地点を予測する。バックステップを踏んで、フライが落ちてくるだろう場所より二、三歩後ろに下がった。白い球が空から落ちてくる。冷静だった。頭の中には、佐藤さんといっしょにくり返した練習の光景が浮かんでいる。

――クロウホップと呼ばれる技術だ。まず、ボールの落下地点より二、三歩後ろに下がる。

少し離れたところからボールを見つめる。白いボールがしだいに大きくなってくる。

――次にボールに向けてダッシュ。助走をつけて体の右前でボールをキャッチする。

思い切り土を蹴った。ボールの位置はしっかり見極めた。全力でダッシュしたままボールをつかむ。

――捕球したら、左足で強く踏み切って、前がかりにジャンプ。最大限の勢いをつけるんだ。

土の中に飛び込むつもりで勢いよく体を前に倒した。すべての体重をボールにのせる。

――前のめりにこけてもいい。ボールに体重をのせて、腕を振れ！

帽子が吹っ飛ぶ。腕を振り抜くと同時に体も吹っ飛んだ。前転するみたいに体が回って背中からグラウンドに落ちた。「ぐへっ！」

すぐに体を起こす。投げた球の行方を見たい。

大吾の返球は、地面すれすれを低く飛んでいた。このままならバウンドする。だけど力強かった。なにしろ大吾の体重ぜんぶがのっているのだ。勢いは十分にある。いつもだったら中継に入るはずのセカンドの勝俣が、大吾の球の勢いを見て中継をスルーした。勢いは死なない。何度もバウンドして、それでもまっすぐに、キャッチャーのアンディのミットに突き刺さった。

アンディが体をひねる。滑り込んでくるランナーにミットを叩きつけた。

砂埃。音が消えた。

球審の右腕が、硬く握り締められて上がった。

「アウト！」

大吾は四つん這いになったままそれを見ていた。おれが投げた球だ。遠くに投げたくて、でも投げられなくて、何度も何度も悔しい思いをしてきた。野球と決別するつもりで川に投げ捨てたグローブすら、おれの弱い肩じゃ遠くに投げられなかった。グローブを捨てることすらできなかったおれなのに、ホームでランナーを刺せた。球審が「アウト」って言った。投げられた。おれ、投げられたよ。見てたか、佐藤さん。見てたか、おとさん。見てたか、光――！

みんなが歓声をあげている。「やったー！　大吾が刺したーっ！」

「ナイス大吾！　やるじゃねーか！　おまえ、やるじゃねーかぁ！」

みんなに肩や背中を叩かれながら大吾はダグアウトに戻っていく。その途中で見つけた。土手の上で佐藤さんとかーさんが並んで試合を見ていた。佐藤さんがうれしそうな顔でかーさんに何か言って、かーさんがそれに笑顔で答えようとして、そのまま下を向いた。肩を震わせている。上がった顔は涙でぐしゃぐしゃだった。顔中くしゃくしゃにしながら大吾に大きく手を振る。

――見てたか、かーさん。

大吾は思う。

——おれ、できるじゃん。

やっと笑顔に変わる。これが、胸が満たされるって思いなんだ。

——おれ、ダメじゃねーじゃん……！

6

アンディのバットが火を噴いたのは六回の表。フォアボールで塁に出た一番の木村を大吾がバントで二塁に送り、卜部がヒットを放って一、三塁。四番のアンディのひと振りは、打った瞬間にホームランとわかる特大の当たりだった。軽くフェンスを越えていく。

「入ったぁあああー！　これで4対0！　あとは二イニング守るだけだ！」

4点の点差は大きかった。気持ちの上で余裕ができたから守りだって積極的にできる。

ただ、ピッチャーの卜部の様子が気にかかった。どうやら卜部のヤツ、前半飛ばしすぎてバテてきているみたいだ。あんなに快調に取っていた空振りが、前の回辺りからぜんぜん取れなくなってきている。今も、ツーアウトとはいえ三塁にランナーがいる気が抜けない状況だ。

——だったら、守りでバックアップするっきゃないっしょ。

そう思って大吾はチャンスを狙っていた。そりゃあ多少は不格好かもしれないけど、あんなに苦手だと思っていたスローイングを克服できたのだ。もっと投げてみたかった。この肩でも、的確な状況判断と練習で精度を上げた技術で、いくらでも好返球ができるんだって証明してやりたかった。もう一度、あのランナーを刺す感覚を味わいたい。

「打った！　一、二塁間、抜けたぁー！」

チャンスは思いのほかすぐにやって来た。ライトの大吾に向かってくる鋭いゴロ。三塁ランナーが還れば4対1。最終回、展開によっては安心できない点差になってしまう。

大吾は前に出る。転がるボールに自分から向かっていく。すくい上げるようにキャッチして右手を振り上げ、そのままファーストに投げる。体重を前に。こけてもいい気持ちで。

投げる！

「アウト！」

塁審の声。同時に仲間たちが大声をあげる。「やったーっ！　ナイス、大吾！」

うれしい。人から認められるってこんなにうれしいんだ。仲間が喜んでくれるって、こんなに気持ちいいんだ。

続いて最終回のドルフィンズの攻撃。活躍する喜びを知った大吾は燃えていた。最終回になって出てきた谷川イーグルスの二番手のピッチャーは、九十キロくらいの呑気なボールを投げる、言ってみれば〝打ちごろ〟の投手だ。今、ワンナウト一、二塁のチャンスで、バッターボックスには一番の木村が立っている。つまり、二番の大吾にチャンスで打席が回ってくる。

――もしかしてコレ、ヒーローになれるチャンスってやつ？

そう思ってわくわくしていたのに、木村のいい当たりはファースト正面のライナーでアウト。まさかのダブルプレーだ。大吾の打席を直前にして最終回のドルフィンズの攻撃は終わってしまった。大吾は口をあんぐり開ける。

田代監督が卜部を見ていた。

「卜部……。スタミナは大丈夫か？　点差あるし、ファーストの松原と交替するって手もあるぞ」

ピッチャーマウンドに向かいながら卜部が答えた。

「……はあ？　エースは完投完封に決まってるでしょーが。それに、二番手の松原じゃ、心配で余計疲れますよ」

田代監督が、卜部の目をじっと見てからうなずいた。「そうか。わかった」

パンと大きく手を叩く。気持ちを入れ替えるようにして田代監督が言った。

「さあみんな、最後の守りだ！　目標の一回戦突破は目の前だ！　しまっていこう！」

「はい！」

みんなでグラウンドに向かう。最終回――、あと三人抑えれば、念願の初勝利だ。


卜部が限界なのは明らかだった。ストライクが取れない。

フライを打たせてなんとかひとつアウトは取ったけれど、二連続のヒットとフォアボールでワンナウト満塁。そして、汗を散らして投げた今の球も外れてまさかの連続フォアボール。相手チームがワッと歓声をあげた。

「やった、押し出しだ！　１点返した！　この試合、まだわかんねーぞ！」

マウンドの卜部が肩で息をしている。限界を超えているのは大吾にもよくわかった。きっと田代監督だって藤井コーチだってわかっている。でも、代わりのピッチャーがいないのだ。ファーストにいる松原は一応投げられる。だけど、卜部と比べると明らかに劣る。このピンチで投げさせるという選択肢はないのだ。だからどんなに厳しくても、卜部にすべてを託すよりない。

キャッチャーのアンディがマウンドで卜部に何か言っている。最後に卜部の背中をバシリと叩いた。「頼んだぜ、相棒」

最後にそう言ったのだけ、口の動きでわかった。プレイが再開する。

マウンドに立つ卜部の表情が変わった。疲労の色は消えていない。だけど、ブレがなくなった。目の前のバッターだけを見据えて渾身の球を投げ込む。急に球のキレがよくなった。三球で打者を三振に斬って取る。

――よし。これでツーアウト。あとひとつ。あとひとつだ……！

あとアウトひとつ。けど、満塁の状況は変わらない。ライトで大吾は緊張していた。あとひとつ。あとひとつ。そればっかり思い浮かぶ。勝ちたい。勝ちたい。ドルフィンズのみんなで、一回戦突破を喜びたい。

卜部が投げた。打者は卜部の球威に押されて流し打ちの形になる。一、二塁間を抜けて低い弾道で球が飛んでくる。ライトへ、大吾のところへ、目の前でバウンドする。さっきファーストでランナーを刺した時と同じ状況だ。大吾は走る。ボールを目がけて走る。

──まだだ……！　まだなんとかなる……！

グローブをボールに向けた。同時にファーストを確認する。頭の中で、猛烈な勢いで考えがぐるぐる回っていく。──これをヒットにさせたら2点返される。そしたら4対3だ。一打逆転の目まで出てくる。それはダメだ。だからおれが刺さなきゃ。一塁で刺せばゲームセットだ。さっきみたいにビシッと決めればそれで試合終了。みんなが喜んでくれる。みんなで喜べる。

グローブを持ち上げた。右手にボールを持ち替えてファーストへ──。

グローブの中は空っぽだった。大吾の手には何もない。

──え……？

ダグアウトで田代監督と藤井コーチが立ち上がってこっちを見ていた。何か叫んでいた。

佐倉が目を見開いて口を大きく開けている。大吾は振り返った。

まさか……。

ファーストに投げるはずのボールは、フェンスの近くまで転がっていた。すべての音が掻き消える。味方の声も、相手チームの歓声も聞こえなかった。走ってボールをつかみ、ほとんど何も見えない目で振り返って三塁を確認する。相手チームの打者が四人、大きく腕を振り上げてダイヤモンドを回っていた。三塁ランナーはすでにホームインして腕をぐるぐる回している。二塁ランナーがホームに向かっている。一塁ランナーだったはずの走者が三塁を蹴っている。バッターはすでに三塁に向かっていた。どんどん目が見えなくなる。大吾は投げる。

へろへろのボールが飛んでいく。佐藤さんに教わった投げ方も忘れていた。セカンドの勝俣が中継し、サードの有吉がボールをつかんだときには、ランナーはきれいにいなくなっていた。三塁にバッターが立ってこぶしを振り上げているだけだ。三人還った。スコアは4対4。大吾は何も考えられない。

何も見えない。

――なんだ……？　おれ、いったい、何やっちまったんだ……？

相手チームの声だけが聞こえた。

「よーし！　三塁ランナー還して一気にサヨナラだ！　この試合、勝てるぞ！」

――どうなってんだ、いったい……？

田代監督がタイムをかけてマウンドに走り寄った。顔中を汗にしながら、必死に身振り手振りで卜部を励ましている。「気持ちを切り替えろ」って言ってる。「まだ行ける。あきらめるな」って言ってる。キャッチャーのアンディも何か言っているけど、卜部はそれに反応しない。何も見ていないみたいな目をしていた。心が折れた顔をしていた。アンディが、うつむいたまま動かない卜部の帽子を跳ね上げた。

かすかに聞こえた。

「おい、卜部。もう投げなくていいから、マスクかぶれ」

自分のマスクを卜部に押しつける。「ここはおれが投げる。おれがなんとかサヨナラは阻止するから、おまえがキャッチャーやれ」

卜部が死んだ目のまま空笑いした。

「え……？　ハハ……。二回戦行ったら使うはずの秘策を使うのかよ。ハハ……。そうだよな。もう二回戦なんて行けねーんだから、今使ったっていっしょだもんな」

「うるせえ。いいからマスク受け取れ」

「ハハハ……。アンちゃん、何マジになってんの？　こんな試合、もうどうでもいいだろ。おれらがいくら張り切っても、ヘボバックのあんなクソ守備でこのザマだぜ？　バカバカしい。打倒東斗とか、しょせん二人じゃ無理なんだよ」

アンディが、こんどは卜部の顔にミットを押しつけた。

「いいから捕れ。まだ試合は終わってねえぞ」

卜部がマスクをかぶり、アンディがマウンドに立った。太い体を使ってアンディが投げる。球速はない。だけどコースは良かった。外角のくさいところに投げ込んでバッターを見逃しの三振に切って取った。

ダグアウトから安堵のため息が聞こえてくる。

「ふうーっ。なんとかサヨナラは逃れたか……」

「アンディ、ナイスピッチン！」

大吾はダグアウトに戻る。まだ何も見えないままだ。何が起こったのかも完全には理解できない。ただ、とんでもないことをやらかしたことだけはよくわかっていた。一番やっちゃいけないことを、一番やっちゃいけない時にやらかした。チームのみんなに大きすぎる迷惑をかけた。

大吾は田代監督と藤井コーチの前に立ち、帽子を取った。

頭を下げる。

「あ……、あの……。すみませんでした、監督……」

みんなの顔を見られない。

「おれ……、取り返しのつかないミスしちゃって……」

ここからいなくなりたい。

「この回……、おれからの打順ですけど……。代打、出してください」

田代監督が「はあ？」と大きな声を出した。大吾はその声にビクリとする。

「聞こえねえなー！　なんですかーっ？」

藤井コーチが気まずそうな顔で田代監督に言った。「聞こえただろ……。代打出してくれってよ」

「聞こえねえっつってんだ！」

田代監督が藤井コーチの胸をビシッと叩いた。大吾に向き直る。

怒っていた。

「いいか、大吾！　おれは、後ろ向きなプレーをしたら代えると言ったんだ！　おまえのさっきのミスはそうじゃない！　だからおまえを代える理由はない！」

「で……、でも……」

怒鳴られた。

「いいから行け！　試合は終わったわけじゃねえ！　取り返しのつかないミスじゃねえ！　取り返せばいいんだよ！」

大吾は田代監督を見上げる。監督の頬が紅潮してかすかに震えていた。ヘルメットをかぶり、バットをつかんでバッターボックスに向かう。その背中に言われた。「行け！　大吾！」

バッターボックスが監獄みたいだった。世界が真っ暗でほとんど何も見えない。相手チームのピッチャーが辛うじて見えるだけだ。もう嫌だ。何も見たくない。もう無理だ。だっておれのせいなんだ。あとアウトたったひとつだったのに――、あとひとつで勝てたのに、おれのエラーが何もかもぶち壊しちまった。おれがみんなの喜びを奪っちまった。こんなのもう取り返せない。こんなの、前向きになれったって、なれるわけない。

おれなんかに。

なんでもないボールを空振りしてしまう。ボールが見えない。

打てるわけない――。

暗い世界に声が聞こえた。

「どこ振ってんだよ。大吾くん」

大吾は暗闇で目を凝らす。バックネットの裏側に何か見えた。誰か立ってる。

「タイムリーエラーくらいで心折れてんじゃないよ。そんな豆腐メンタルでどうすんのさ」

見えてきた。この声、この顔――。いるはずないのに。いないはずなのに。

「そんなんじゃ、ぼくとバッテリー組めないよ？　大吾くん」

見えた。光だ。光が立ってる。腕を組んで、いつもみたいに余裕たっぷりの笑みを浮かべながら大吾を見ている。

「打っちゃえよ。大吾くん」

「光……！」

世界が光を取り戻した。音が聞こえる。なんでも見える。空気の流れを感じる。頭の中がクリアになる。いろいろ思い出した。光とのやりとり。キャッチの練習。佐藤さんの指導。佐倉とのバッティング練習。そうだ。おれはこんなにもたくさんの人とたくさんのことをしてきたんだ。世界は狭くなんかない。暗いから狭く見えるんだ。目を開いてちゃんと見れば、世界は広く明るい。目を開ければ、ちゃんと見える。

光が応援してくれる。

「ピッチャーの球よく見て。速くないよ！」

二球目を見定める。低目に外れるボールだ。確かに速くない。コースだって甘い。ちゃんと見える。見えるのに、見えなくしていたのは自分だった。

佐倉の声が聞こえた。

「あーっ！　光くんが来てるーっ！」

ダグアウトが騒がしくなった。「何⁉　佐藤が⁉」

大吾は打席に集中する。光が来た。これでドルフィンズはフルメンバーだ。みんなそろった。勝利を目指して練習を続けてきた仲間が、今ここにみんなそろった。

佐藤さんに教えてもらった。このピッチャーみたいなスローボールは、バッティングの基本ができていないとまともに飛んでいかないって。

――バッティングは、トップの位置を作って後ろ足に体重を残して、頭を動かさず、軸で回転する。

なんだか落ち着いていた。

――どんな球でも、常に自分のスイングを。

バットを振り抜く。〝打たなきゃいけない〟なんてことはない。

〝打ちたい〟んだ。

バットがボールを弾き返す。この感触。佐藤さんにコーチしてもらったトスバッティングで上手く芯を捕えたときに感じたあの感触だ。一塁に向かって大吾は走る。打球はピッチャーの頭上を越え、セカンドのグラブを越えてセンターに落ちた。打球の行方が見える。

自分がヒットを打ったのがわかる。

走れ――！

「やったーっ！」

みんなの声が聞こえた。

走れ――！

一塁を蹴った。二塁がそこにある。走れ。間に合え。滑り込む。ベースを踏んだ大吾の足に、相手セカンドのグローブは届かない。

「セーフ！」

大吾は二塁に立った。二塁打だ。みんなが喜んでいる。

「おおっ！　ナイスランだ、大吾ぉ！」

光の声が聞こえた。「ナイス、バッティン！」

満たされる。楽しい。野球って、すげえ楽しい。

三番の卜部が一塁側にゴロを打った。大吾は走って三塁に進む。その分だけホームが近づく。

「よしっ！　ワンナウト三塁だ！　頼むぞ、アンディ！」

世界が回っていく。みんながつながっていく。そうだよ。この感じだよ。この感じが大好きだから、おれは野球が好きなんだ。

アンディがセンターに大きなフライを打ち上げた。それを見て、ホームを目指して大吾は走る。つながっていく。これが野球なんだよ。

ネット裏にいる光が見える。顔を真っ赤にして腕を振り上げている。大吾を見ている。ここにおれを呼び戻してくれた光に――。

全力でホームに滑り込んだ。

——今のおれの、全力を見せるんだ！

いるべき場所に還ってきた気がした。球審がコールする。

「セーフ！」

みんなの声。

「よっしゃあああー！　5対4、勝ち越しだぁあ！」

7

——大吾くん。やった——！

そう思っても、光は顔には出せなかった。だって、ほんとうならぼくはここにいるべき人間じゃないのだから。ドルフィンズの一員みたいな顔をして、どうどうと応援なんてできる立場じゃないんだから。

ダグアウトで、大吾がドルフィンズの仲間に迎えられている。うれしそうに、楽しそうに、すごくいきいきした顔をしてみんなにもみくちゃにされている。

「光」

声をかけられて光は振り返った。そこにパパが、父親の佐藤寿也が立っていた。

「パパ……」

「気になって、応援に来たのか」

「……うん。ほんとはもっと早く来たかったんだけど……。早く来たらベンチに入っちゃうかもしれないから、わざと遅れて来たんだ」

「……そうか」

「思ったより試合展開早くて、危うく終わってるところだったね」

「…………」

八回の裏。アンディと卜部の急造バッテリーが続いている。アンディが投げ、卜部が捕る。アンディの投球には安定感があるけど球速はない。そして、卜部のキャッチャーは見るからに不安定だ。無理もない。ほとんど未経験なのだ。

「ねえパパ。アンディと卜部くん、大丈夫かな」

「ん。そうだな……。ピッチャーをやっている彼はともかく、キャッチャーは経験がものを言うから、なかなか厳しいかもしれないな」

「だよね」

「不安か？」

少し迷ってからうなずく。

「うん」

バッターが打ち上げたキャッチャーフライを卜部が捕り損ねた。マスクをしたまま慌てて一塁に投げようとして結果暴投になる。これでノーアウト一塁だ。はやくもピンチだ。

パパがつぶやいた。

「やはり……、楽には勝てないな……」

バッターはバントの構えだ。ピッチャーのアンディが一塁を牽制しながら速球を投げる。同時にバント対策のために体を前に出した。バントの球は三塁側に転がる。アンディが体勢を崩したまま無理に体をひねってボールを拾った。後ろ足に全体重をかけて一塁に向き直ろうとする。

その瞬間、アンディの顔が苦痛にゆがんだ。「ぎゃ……！」と短い叫びも聞こえた。その場にくずおれる。ボールはグラウンドにてんてんと転がった。

「アンディ……!?」

みんながマウンドのアンディのところに駆け寄っていく。隣でパパが言った。

「……おそらく肉離れだな。送球のとき踏ん張って痛めたんだ」

「肉離れ……？　じゃあ、アンディは？」

「もう投げられないな」

パパの言葉通りに、藤井コーチがアンディを背負ってグラウンドから出ていった。病院に連れていくのだろう。残されたドルフィンズのメンバーが困惑している。なにしろ、投げられるピッチャーがいないのだ。だからこそアンディが急遽マウンドに立っていたのだ。

光はいつの間にか、食い入るように試合を見つめていた。パパが光に静かに言った。

「光――。おまえ、投げられるなら、投げる気あるか？」

「え……？　な、ないよ。今さら試合だけ出るなんて図々しいって言ったじゃない」

「…………」

「そ……、それに、ぼくはもうチームメートじゃないし……。みんな、きっと迷惑だよ」

「そうか。じゃあ、このピンチをおまえが救えばいい。そうすれば、きっとみんな、おまえをチームメートと認めてくれる」

パパが光の背中のバッグを指さした。

「そのバッグに、グローブとユニフォーム、入ってるんだろ？」

図星だった。

「この前群馬で会ったとき、おまえのボールを受けてみてわかった。引っ越してからも、おまえ、ずっと投球練習をしてきたんだろ？」

パパが自分の左手を見ている。光の球を受けた左手だ。

「あれを見て確信したよ。おまえのその球なら、必ずみんなの期待に応えられるはずだ。それに――」

真正面から目を見られた。はっきり言われた。

「やりたいんだろ？」

ピッチャーマウンドには松原が上がった。「大事な場面では投げたくない。できればそもそもマウンドに上がりたくない」と自ら公言している松原だ。すでにガチガチで、まだ投球練習だっていうのに一球もストライクが入らない。

プレイが再開された。松原の一投目。低すぎてボール。二投目、今度は高すぎてボール。コースを狙っているわけじゃなく、ただ単純にストライクゾーンに入らないのだ。二球のボールで松原はますます固くなる。今度は外に大きく外れた。バッターはもう「入らない」と高をくくってバットを振ろうともしない。

光はパパを見てうなずいた。

素直になろうと思った。

「……うん」

ドルフィンズのユニフォームに身を包んでダグアウトに向かう。

「松原のやつ……。完全に空気に呑まれてやがる……」

田代監督が呟いている。みんな、田代監督と同じ真っ青な顔をしている。

「田代監督……」

声をかけたら田代監督が振り返った。驚いて言う。「佐藤!?」

松原が四球目を放った。とんでもない高さにボールが飛んで四球になる。「ボール！フォアボール！」。これで満塁だ。相手チームが沸き立っている。

「よっしゃあ！　ノーアウト満塁だーっ！」

田代監督が光を見ている。光は言った。

「ぼく、投げます。投げさせてください」

田代監督が光を見、それからマウンドの松原を見た。ぐっと唇を噛んでから迷わずに言う。

「タイム！」

光の背中をパンと叩いた。「頼むぞ。佐藤」

大声で言う。

「ピッチャー交代！　十五番、佐藤光！」

マウンドに立つ。今にも吐きそうな顔をしている松原からボールを受け取った。

「お疲れ。大丈夫。あとはぼくにまかせて！」

松原が心底ほっとした顔をしている。「た……、助かったよ。正直、ぼくもう吐きそうで……」

「オッケー」

キャッチャーの卜部が駆け寄ってきた。怒っている。

「おい！　どうなってんだ⁉　なんでうちをやめたはずのおまえが出られんだよ⁉」

光は明るく答える。

「大会前にメンバー登録されてたから出られるんだってさ。だから、引っ越したけど、ぼくはまだドルフィンズのメンバーなんだ」

「はあ⁉　おいおい。ずいぶん気楽な感じで言ってくれるじゃねーか。わかってんのかおまえ⁉　1点差でノーアウト満塁なんだぞ⁉　打たれたらサヨナラだぞ⁉」

「…………」

「だいたいてめー、ノーコンじゃねーか！　どーいうつもりで出てきたんだよ⁉」

たったひと言、光は答える。

「うん。大丈夫」

「は？　だから何がだよ!?」

「だから、打たせないから大丈夫だってば」

「だから、なんでそう言えんだよ!?」

「じゃあ捕ってみてよ。ぼくの球」

「はあ!?」

キレながら卜部がキャッチャーボックスに戻っていく。叫ぶように言った。

「じゃあ投げてみろよ！　ストライク投げられんならな！」

光が振りかぶった。左足を大きく上げる。胸を開く。ムチのように右腕がしなる。まるでカタパルトではじき出されたみたいに、光の指先から放たれたボールは空気を切り裂く。まさに光のようだ。まっすぐにビームのように、卜部の顔の横すれすれを突き抜けた。

「…………!?」

ミットを構えたまま卜部が固まっている。だいぶ経ってから後ろを振り向いて、ボールがそこに転がっているのを確認する。

「大丈夫？　卜部くーん？」

卜部が汗をかきながらマウンドの光に言った。

「い……、今ちょっとボーッとして見てなかったんだよ！　もう一度投げてみろや！」

「うん。りょーかい」

次の球を光は放つ。光の手から放たれたビームのような球が卜部のミットにぶつかって大きく空に跳ね上がった。卜部は尻もちをついていた。何度も目をしばたいている。

「………………!?」

何も言わない。ミットのはまった自分の手を見ている。

それから光を見た。口をパクパクさせ、それから言う。

「無理！」

田代監督がほえた。「はあ!?」

「だから無理だって！　捕れねーよこんな球！　死ぬってーの！」

「いやいやいや！　アンディがいないんだからおまえが捕るしかないだろ!?」

「無理だっつってんだろ!?　死ねってのか!?」

卜部と監督が言い合っている。いつの間にか、外野手のみんなまでマウンドに集まってきていた。その中に大吾もいる。ライトの大吾がやって来て、光とちらりと目を合わせた。光には何も言わずに田代監督の目の前に立つ。

そして言った。

「……監督」

「ん？　なんだ、大吾？」

「え？」

「おれ、やりましょうか」

「おれ、キャッチャーやりましょうか。てか、やりたいです」

「大吾……？」

頭を下げた。はっきり言う。

「やらせてください！」

8

ノーアウト満塁。ミスひとつで同点。これ以上ないほど厳しいシチュエーションだ。だけど、これ以上ないほど楽しいシチュエーションでもある。

マウンドで光は大きく深く息を吐き出す。ずっとこの瞬間を待っていたような気がする。

マウンドに立ってボールを握り、キャッチャーのミットめがけて全力で球を投げる。光の視線の先には大吾がいる。茂野大吾がキャッチャーミットを構えて光を見ている。

——ずっともやもやとふさいでた。自分でも気づかなかった。

大きく振りかぶる。

——新しい学校や群馬が憂鬱だったんじゃない。ぼくは……。

大きく足を上げて踏み込む。

——野球がしたかったんだ！

体全部、心全部をこのボールに詰める。このボールはぼくだ。ぼくを投げるから——。

光のすべてがこの一球になる。

受け取ってくれ、大吾くん――！


言葉とかいらないと思った。

こい、光――！

ミットの真ん中で、大吾は光の球を受け止める。それだけでいい。それで十分だ。

光が投げ。

おれが捕る。

乾いた音を立て、大吾のミットが光の球を受け止めた。まっすぐに届いた。光の想いが。

まっすぐに受け止めた。光の一球を。

「ストライーク！」

そして大吾はマウンドの光に返球する。たったひと言、それにすべての想いを込めて。

「ナイスボール！」

バチッとポイントでフレーミングする感覚。それを佐藤さんは「すごく気持ちいい」って言った。キャッチャーが良ければピッチャーも気持ち良く投げられるって言っていた。それが今、わかった気がする。

「ストライーク！」

光の速球がミットにバチッと収まる。バッターが空振りする。すごく気持ちいい。ノーアウト満塁のこんなピンチなのに、こんなに緊張する場面なのにすごく楽しい。光の球をもっと捕っていたい。

今度は内角低めに構える。光の剛速球が吸い込まれるみたいに大吾のミットに収まった。

パアァン。

「ストラック、アウト！」

「やった！」

ダグアウトのみんなは総立ちだ。田代監督も佐藤さんも、佐倉だって身を乗り出して応援してくれている。大吾も声を出す。

「オッケー！　ワンナウト！　ワンナウト！」

次の球を早く受けたい。光にボールを戻す。あと二人。あとアウト二つで勝利だ。満塁だけど、光ならなんとかしてくれる。光の球なら——！

イーグルスの打者がスッと腰を落とした。大吾はそれを見てサッと顔を青ざめさせる。

——1点差……、ワンナウト満塁……。この場面。

光の球は速い。まず打てない。ならどうするか。まずはバットに当てることだ。ボールがフィールドに転がりさえすれば何か起こる。だったらどうする？

——スクイズだ！

光が振りかぶるのを見て三塁ランナーが走り出した。光の目が突然走り出した三塁ランナーを見ている。振りかぶっているのに視線が泳いだから軸がぶれた。光が叫ぶ。

「しまっ……！」

三塁ランナーが突っ込んでくる。悲鳴があがった。剛速球が、剛速球のままバウンドする。

「ワイルドピッチだぁ！」

大吾の目の中はボールだけになる。バッティングセンターで捕り続けた無数のボール。

百数十キロのスピードを持ったボールが地面に跳ねたり高く飛んだりして、大吾の体に限りなくぶつかってきた。佐藤さんに言われた。

怖がるなって。

キャッチャーは体で止めるんだって。

だから大吾もそうする。体をコースに入れた。怖くなんかない。だってこれは光のボールだ。光の想いが、ドルフィンズのみんなの想いが詰まった大切なボールだ。だから、怖くなんかない！

胸でボールを受け止めた。大吾の目の前にてんてんとボールが転がる。

「止めたーっ！」

三塁ランナーが突っ込んでくる。ボールは転がったままだ。相手チームの監督が叫んでいる。

「そのまま突っ込めーっ！」

マスクをはぎ取る。裸の右手でボールをつかむ。キャッチャーミットに右手といっしょにボールを突っ込み、目の前に迫った走者のスパイクに体を伸ばして突っ込んだ。土煙が上がる。大吾の顔の下に白いホームベースが見えた。ベースの隣に走者の足が見えた。大吾はうつぶせのまま顔を上げる。球審を見る。

「アウトォ！」

球審の腕が突き上げられた。同時にドルフィンズ全員の声が重なった。

「おっしゃあああああ！」

「ナイス茂野ぉ！」

光の声も聞こえた。

「手……、手は大丈夫⁉　大吾くん⁉」

大吾は答える。こんなに楽しくてうれしいのは初めてだった。心の底から笑えたのは初めてだった。

「大丈夫大丈夫！　あとアウトひとつだよ！」

自分の声じゃないみたいだ。こんなすがすがしい声が出るなんて。

胸を張って声を張り上げた。

「ツーアウトォ！　しまっていこう！」

同じくらいすがすがしい声が返ってくる。

「おう！」

9

バットが空を切る。

「ゲーム！」

光の最後の一球を大吾が受け止めて、試合が終わった。マウンドの光のところにみんなが駆けてくる。真っ先に大吾が駆けてくる。マスクを上げて、顔中を笑顔にして、右手を上げて光のところにやって来る。

パアンと音を立てて手と手が重なった。

――勝った……！

大吾くんのおかげで勝てた……！

光は思う。

――これで、ぼくもやっとドルフィンズの一員になれた――！

みんなで勝利をつかんだ。その中に光もいる。大吾くんが笑っている。

最高の気分だった。

これが、野球の楽しさ。

これが、勝つ喜びか。


「みんなよくがんばった！　最後はハラハラしたが、佐藤と茂野が本当によく防いでくれた！」

田代監督が言っている。すでにちょっと涙目だ。

「ありがとう……。思い返せば長く苦しい日々だった……。監督に就任して二年、いや三年か……。やっと……、ついに念願の初戦突破を果たして……」

聞き取れなくなってきた。声にならないみたいだ。

「おれは……、本当にうれしい……」

四十を超えたおっさんがガチ泣きしている。隣で睦子が呟いている。「泣くんだ……」

続けて途中退場したアンディのケガの報告があった。幸い、軽い肉離れですんだそうだ。だけど、それでも全治まで十日程度はかかる。つまり――、
田代監督が大吾に目を向けて言った。

「残念だが、アンディは来週の二回戦でマスクはかぶれまい。次もまた、大吾にやってもらうしかないだろう」

大吾はぐっと表情を引き締めた。監督の目をまっすぐに見つめ返す。そしてコクリとうなずいた。

チームメートたちが、期待と信頼の目で大吾を見ている。

誰も自分を残念がらない。人から求められ、信頼されるって、こんな感じなんだ。

こんなにうれしいんだ。

睦子がうれしそうに声をあげた。光に言う。

「ねえ、もちろん光くん、来週も来るんだよね？」

光らしくない濁った返事だった。

「え……、ああ、まあ……。みんながよければ……」

次々と声があがった。「はあ？　いいに決まってんだろ」

「てゆーか来いよ。卜部と佐藤の二枚看板なら二回戦突破も夢じゃねーし。なあ、卜部」

みんなの目が卜部を向いた。ドルフィンズのエースの口が開く。

「ああ……。当然だ、絶対来い。来週、二回戦をおれで勝ったら、同じ日に三回戦だ。どうやってももう一人ピッチャーが必要だからな」

大吾は光の顔を見る。光は大げさに喜んだりしない。だけど、ほほに赤みがさしていた。胸が満たされているのがわかる。卜部が続けた。「ただし」

「ただし？」

「おまえはちゃんとマウンドさばきを練習してこい。セットポジションはもちろん、牽制やカバー、処理もろもろ、てめーは山ほど基本が足りてねえ！　今日は奇跡的にうまくいったが、野球はそんな甘くねーんだ。わかったな！」

光が大きく息を吸い込んだ。明るい顔になって言う。

「うん！」

大吾には、光が今、自分と同じ気持ちであることがわかる。本当の楽しさがわかる。

ドルフィンズの初勝利を祝して、田代監督がみんなに焼き肉をごちそうしてくれることになった。和気あいあいとチームバスに乗り込むみんなを、大吾と光は笑顔で見送った。

田代監督が言う。

「せっかく主役の二人なのに……。本当に焼き肉、いいのか？」

大吾は答える。

「はい。ちょっとこの辺の空いてるグラウンドで練習しようと思って……」

田代監督が「ほお……」と息をもらした。大吾は光を見る。

「今日の試合で、二人とも課題がいっぱい見つかったから。な、光」

光も同じ表情でうなずく。「うん」

「そうか……。じゃあ、次は土曜日に前日練習やるから来いよ。今日はおつかれさん」

二人でいっしょに答える。

「はい！」

走り去るバスに手を振ってから大吾は光を振り返った。練習できることがこんなにうれしいなんて。野球がこんなに楽しいなんて――。

「行こう、光！」

「うん。大吾くん！」

エピローグ

いつもはあたしの方から声をかけるばっかりなのに、なんか今日はあいつの方からあたしに声をかけてきた。

「おーい、佐倉ぁ！　おまえ、今日暇？」

睦子は少しあきれる。ものすごく無神経な誘い方。先に用件を言った上で誘うのがマナーだと思う。けどまあ、野球しか見てないまっすぐなこの目を見ると、まあいいかと思えてしまう。やっと、あの頃のかっこいい茂野くんが帰ってきた。

「え？　まあ、特になんの用事もないけど」

「じゃあ練習付き合ってくれよ！　バントの練習とかしたいんだけど、一人じゃ難しいんだよ。光は平日来られないしさ」

また「野球」と「光」だ。いじわるしてやりたくなる。

「ふーん。あれー、前はあたしのことあんなに煙たがってたのに、光くんや光くんパパがいないときは都合のいい女なんだ。へえー」

「え……？」

大吾の顔が引きつっている。おもしろいから続ける。

「まあ、茂野くんはフル出場で活躍もしたもんね。出番すらなかった補欠のあたしなんて、それくらいでしか役に立たないもんねー」

ますます引きつる。「い……、いや、そーいうわけじゃ……」

おもしろい。こいつ、本当おもしろい。野球しか見てない。野球ができないとへたれになるけど、野球をしてると最高になる。本当、単純でばかで、最高におもしろいやつ。

「なーんてウソウソ！　冗談よ！　いーわよ、オッケーに決まってるでしょ？」

大吾がまだ半分疑いの目で睦子を見ている。

「マジに聞こえたぞ……。こえー」

大吾の家でバントの練習をする。睦子が投げて、大吾はそのボールにバットを合わせていく。百球くらい投げた後、ようやく大吾が「うん」と言った。

「うん。だいぶコツがつかめてきたかな」

「ああ、そう」

ていうか、ねぎらいの言葉が欲しい。百球投げるって結構しんどいんだけど……。

「ちょっと休もうか」

「あ、うん」

茂野くんのママがいれてくれたお茶とケーキで小休止していたら、今度はユニフォーム姿の卜部がやって来た。大吾と睦子にちらりと目をやって、それからすぐに言う。

「優雅にティータイムかよ。ほれ。さっさとやるぞ。茂野」

大吾がきょとんとしている。

「え……？　やるって何を？」

「バカか⁉　バッテリー練習に決まってんだろ！　おまえまだ、おれの球一球も捕ってねーんだぞ！　お互い慣れて呼吸合わせせんだよ！」

慌てて大吾が立ち上がった。

「あ……！　そう、そうだよな！　わりーわりー」

睦子はお茶を手にしたまま大吾と卜部の練習を眺める。なんかニヤニヤしてしまう。

――へえ。卜部くん、本気じゃん。いーよいーよ、こういうの。

卜部の速球を大吾が捕る。バシッ、パァンと気持ちいい音が響く。

「ナイスボール！」

大吾のさわやかな声。うん、いい感じ。あたしきっと、こういう茂野くんが見たかったんだ。だからあたし、ドルフィンズに入ったんだ。

のんきにしていたら卜部に言われた。

「おい、そこの暇そうな補欠！　おまえ、バッターボックス入れ」

「え？　あたし!?」

「バッターが立った方が実戦の感覚に近ーんだよ。さっさとしろ補欠！」

キレる。

「うっさいわね補欠補欠って！　名前で呼びなさいよ！」

ブツブツ言いながらバットを持って大吾の前に立った。「えー。人の球は初めてだし、ちょっと怖いなぁ……」

心配そうな目で大吾が睦子を見ている。「ヘルメット出そうか？」

遠くから卜部が口を挟んできた。

「いらねーよ。おれのコントロールなめてんのか？」

「当てないでよ！　あたし、嫁入り前なんだから！」

無視された。卜部が思い切り自分寄りの意見ばっかり言ってくる。

「かかしじゃつまんねーから振ってもいいぞ。チップとか空振りもキャッチャーの練習になるからな」

睦子は喜ぶ。「え？　打っていいの？」

卜部が「ハッ」と鼻で笑った。

「打てるならな。おれは、振っていいって言ったんだよ！」

速球が飛んでくる。速い。キレも十分。でもなんか――。睦子は左足を上げる。右足にのせた体重をスイングと同時にバットに伝える。

打てそう。

そして当てる。

パァン

快音が響いた。弾き返されたボールが四十五度の角度で空を切って、大吾の家の壁にぶつかった。大吾が慌てて言ってくる。

「あぶねー！　おいおい、センター返しやめろよ！　他の家に当たるだろ！」

「あはは。ごめーん。なんかあたし、センター中心にしか打てなくて」

笑っていたら、目の端に固まっている卜部が見えた。まばたきもせず立ち尽くして睦子を凝視している。

「……ちょっと待て。なんだ今のシュアなバッティングは……」

睦子は笑顔のまま卜部を向いた。

「え？」

卜部の肩がわなわなと震えていた。グローブの左手で指さされた。

「おまえ、補欠とかやってる場合じゃねーだろ！」

Shogakukan Junior Bunko

★小学館ジュニア文庫★

小説 MAJOR 2nd 1 二人の二世（ジュニア）

2018年 6 月 4 日　初版第1刷発行

著／丹沢まなぶ
原作・イラスト／満田拓也

発行人／立川義剛
編集人／吉田憲生
編集／大野康恵

発行所／株式会社　小学館
〒101-8001　東京都千代田区一ツ橋２－３－１
電話　編集　03-3230-5105
販売　03-5281-3555

印刷・製本／大日本印刷株式会社

デザイン／マンメイデザイン
ロゴデザイン／伊波光司＋ベイブリッジ・スタジオ

Printed in Japan　　ISBN 978-4-09-231234-0